T0001033

La carretera

COMARC McCARTHY

La carretera

Traducción de Luis Murillo Fort

RANDOM HOUSE

Título original: *The Road*

Primera edición con esta cubierta: septiembre de 2022
Segunda reimpresión: julio de 2023

Impreso en Colombia - *Printed in Colombia*

ISBN: 978-84-397-4100-8
Depósito legal: B-11.725-2022

Compuesto en La Nueva Edimac, S. L.

Este libro está dedicado a
John Francis McCarthy

Al despertar en el bosque en medio del frío y la oscuridad nocturnos había alargado la mano para tocar al niño que dormía a su lado. Noches más tenebrosas que las tinieblas y cada uno de los días más gris que el día anterior. Como el primer síntoma de un glaucoma frío empañando el mundo. Su mano subía y bajaba al compás de la preciada respiración. Retiró la lona de plástico y se puso de pie envuelto en aquellas prendas y mantas pestilentes y buscó algún atisbo de luz en el este pero no lo había. En el sueño del que acababa de despertar vagaba por una gruta y el niño lo llevaba de la mano. La luz de los dos bailaba en las húmedas paredes de roca caliza. Como peregrinos de fábula engullidos y extraviados en las entrañas de una bestia granítica. Humeros de piedra donde el agua goteaba y cantaba. Tañendo sin tregua en el silencio los minutos de la tierra y sus horas y días y años. Hasta que se hallaban en una enorme estancia de piedra donde había un lago antiguo y negro. Y en la orilla opuesta un ser que levantaba su chorreante boca del gour y miraba hacia la luz con unos ojos tan blancos y ciegos como los huevos de araña. Balanceaba su cabeza a ras de agua como para captar el olor de aquello que no podía ver. Agazapado allí, pálido y desnudo y translúcido, sus huesos de alabastro grabados en sombra en las rocas que tenía detrás. Sus intestinos, su palpitante corazón. El cerebro que latía dentro de una empañada campana de cristal. La criatura movía la cabeza de lado a lado y luego soltaba un gemido grave y daba media vuelta y dando tumbos se alejaba silenciosamente hacia la noche.

Se levantó con la primera luz gris y dejó al chico durmiendo y caminó hasta la carretera y en cuclillas estudió la región que se extendía al sur. Árida, silenciosa, infame. Debía de ser el mes de octubre pero no estaba seguro. Hacía años que no usaba calendario. Irían hacia el sur. Aquí era imposible sobrevivir un invierno más.

Cuando hubo clareado lo suficiente observó el valle con los prismáticos. Todo palideciendo hasta sumirse en tinieblas. La suave ceniza barriendo el asfalto en remolinos dispersos. Examinó lo que podía ver. Segmentos de carretera entre los árboles muertos allá abajo. Buscando algo que tuviera color. Algún movimiento. Algún indicio de humo estático. Bajó los prismáticos y se quitó la mascarilla de algodón que cubría su cara y se frotó la nariz con el dorso de la muñeca y luego miró otra vez. Se quedó allí sentado con los gemelos en la mano, viendo cómo la cenicienta luz del día cuajaba sobre el terreno. Solo sabía que el niño era su garantía. Y dijo: Si él no es la palabra de Dios Dios no ha hablado nunca.

Cuando volvió el chico seguía durmiendo. Retiró la lona de plástico azul que lo cubría y la dobló y la llevó al carrito de supermercado y la metió dentro y regresó con los platos y unos copos de avena en su bolsa de plástico y una botella de plástico de sirope. Extendió en el suelo la pequeña lona que les servía de mesa y colocó las cosas y se sacó la pistola del cinturón y la dejó sobre el mantel y luego se quedó mirando cómo dormía el chico. Se había quitado la mascarilla por la noche y estaba sepultada bajo las mantas. Observó al chico y miró entre los árboles hacia la carretera. Ese lugar no era seguro. Ahora que era de día podían verlos desde la carretera. El chico se movió. Luego abrió los ojos. Hola, papá, dijo.

Aquí estoy.

Ya lo sé.

Una hora después estaban en la carretera. Él empujaba el carrito y entre los dos cargaban las mochilas. En las mochilas había cosas básicas. Por si tenían que abandonar el carrito y echar a correr. Asegurado al asa del carrito había un retrovisor de motocicleta que él utilizaba para mirar la carretera a sus espaldas. Se subió un poco más la mochila y observó el campo devastado. La carretera estaba desierta. En el pequeño valle la serpiente todavía gris de un río. Inmóvil y precisa. A lo largo de la orilla unos carrizos secos. ¿Estás bien?, dijo. El chico asintió con la cabeza. Luego echaron a andar por el asfalto bajo una luz gris plomo, arrastrando los pies por la ceniza, cada cual el mundo entero para el otro.

Cruzaron el río por un viejo puente de hormigón y varios kilómetros más adelante llegaron a una estación de servicio. Se quedaron observando desde la carretera. Creo que deberíamos ir a ver. Echar una ojeada. La maleza por la que vadearon se convertía en polvo a su paso. Cruzaron el arcén de asfalto quebrado y buscaron el tanque que alimentaba los surtidores. No había tapón y el hombre se acodó en el suelo para olfatear el caño pero el olor a gasolina era solo un rumor, tenue y rancio. Se puso de pie y miró hacia el edificio. Los surtidores con sus mangueras curiosamente todavía en su sitio. Las ventanas intactas. La puerta del taller estaba abierta y el hombre entró. Un armario metálico para herramientas adosado a una pared. Registró los cajones pero allí no había nada que le sirviera. Buenos manguitos de media pulgada. Un destornillador de trinquete. Miró a su alrededor. Un barril metálico lleno de basura. Entró en la oficina. Polvo y ceniza por todas partes. El chico permaneció en el umbral. Una mesa metálica, una caja registradora. Viejos manuales de automóvil, hinchados y empapados. El linóleo estaba sucio y se alabeaba debido a las goteras del techo. Fue hasta la mesa y se quedó allí de pie. Luego cogió el teléfono y marcó el número de la casa de su padre en tiempos pasados. El chico le observó. ¿Qué estás haciendo?, dijo.

Unos trescientos metros carretera abajo se detuvo y volvió la vista atrás. No lo hacemos bien, dijo. Tenemos que volver. Sacó el carrito de la calzada y lo apoyó de costado en un sitio donde no pudiera ser visto y dejaron allí sus mochilas y regresaron a la gasolinera. En el taller sacó a rastras el barril y volcó toda la basura y seleccionó las botellas de aceite de cuarto de litro. Se sentaron en el suelo para recoger los posos de cada una de ellas, dejando las botellas boca abajo de manera que fueran escurriéndose en un cazo hasta que tuvieron casi medio cuarto de aceite para motor. Enroscó el tapón de plástico y limpió la botella con un trapo y la sopesó. Aceite para que su candilejo iluminara los largos crepúsculos grises, los largos amaneceres grises. Así podrás leerme un cuento, dijo el chico. ¿Verdad, papá? Sí, dijo el hombre.

Al otro extremo del valle la carretera atravesaba un arroyo completamente negro. Troncos de árboles calcinados y desprovistos de ramas a ambos lados. La ceniza moviéndose sobre el asfalto y las manecillas flojas de cable ciego que colgaban de los ennegrecidos postes de luz gimiendo débilmente con el viento. Una casa incendiada en medio de un claro y más allá un tramo de pradera agreste y gris y un banco de lodo rojo donde había unas obras abandonadas. Un poco más lejos vallas publicitarias anunciando moteles. Todo como en otros tiempos solo que descolorido y desgastado por la intemperie. En lo alto del cerro se detuvieron pese al frío y el viento para recuperar el resuello. Miró al chico. Estoy bien, dijo este. El hombre le puso una mano en el hombro y señaló con la cabeza hacia el campo que se abría allá abajo. Cogió los gemelos del carrito y observó la llanura desde la carretera hasta donde las formas de una ciudad destacaban en el gris general como un dibujo al carbón en medio del páramo. Nada que ver. Ninguna columna de humo. ¿Puedo mirar?, dijo el chico. Claro que puedes. El chico se inclinó sobre el carrito y ajustó el enfoque. ¿Qué ves?, dijo el hombre. Nada. Bajó los prismáticos. Está lloviendo. Sí, dijo el hombre. Ya lo sé.

Dejaron el carrito en un barranco cubierto con la lona y subieron la cuesta entre los oscuros postes de árboles todavía en pie hasta donde él había visto un saliente corrido de roca y se sentaron bajo el alero rocoso y vieron cómo las grises cortinas de lluvia batían el valle. Hacía mucho frío. Se acurrucaron el uno junto al otro arropados cada cual en una manta sobre las chaquetas respectivas y al cabo de un rato dejó de llover y solo quedó el gotear en el bosque.

Cuando hubo despejado bajaron hasta el carrito y retiraron la lona y cogieron sus mantas y la cosas que necesitaban para pernoctar. Remontaron de nuevo el cerro e hicieron el campamento en la tierra seca bajo las rocas y el hombre se sentó con los brazos alrededor del chico intentando darle calor. Envueltos en las mantas, viendo cómo la indescriptible oscuridad venía a amortajarlos. El contorno gris de la ciudad desapareció como un fantasma con la llegada de la noche y el hombre encendió la pequeña lámpara y la puso a resguardo del viento. Una vez en la carretera cogió al chico de la mano y subieron la loma hasta donde la carretera alcanzaba su punto más alto y pudieron recorrer con la vista la región que se oscurecía hacia el sur, de pie a merced del viento, envueltos en las mantas, buscando un indicio de fuego o lámpara. No vieron nada. La lámpara que habían dejado en la ladera era poco más que una mota de luz y al cabo de un rato regresaron. Todo demasiado húmedo como para encender una lumbre. Tomaron su mísera cena fría y se acostaron con la lámpara entre ambos. Él había traído el libro del chico pero el chico estaba demasiado cansado para leer. ¿Podemos dejar la luz encendida hasta que me duerma?, dijo. Sí, claro que podemos.

Estuvo mucho rato tratando de dormir. Al cabo se dio la vuelta y miró al hombre. Su rostro a la luz de la pequeña lámpara rayado de negro por la lluvia como un actor dramático de la antigüedad. ¿Puedo preguntarte una cosa?, dijo.

Naturalmente.

¿Nos vamos a morir?

Algún día. Pero no ahora.

Y todavía vamos hacia el sur.

Sí.

Para no pasar frío.

Así es.

Vale.

¿Vale qué?

Nada. Solo vale.

Duérmete.

Vale.

Voy a apagar la luz. ¿De acuerdo?

De acuerdo.

Y luego, ya a oscuras: ¿Puedo preguntarte algo?

Naturalmente.

¿Qué harías si yo muriera?

Si tú murieras yo también querría morirme.

¿Para poder estar conmigo?

Sí. Para poder estar contigo.

Vale.

Se quedó escuchando el goteo del agua en el bosque. Lecho rocoso, este. El frío y el silencio. Las cenizas del mundo difunto trajinadas de acá para allá por los crudos y transitorios vientos en el vacío. Llevadas, esparcidas y llevadas de nuevo. Todo desencajado de su apuntalamiento. Sin soporte en el viento cinéreo. Sostenido por una respiración, temblorosa y breve. Ojalá mi corazón fuese de piedra.

Despertó antes del alba y vio despuntar el día gris. Lento y medio opaco. Se levantó mientras el chico dormía y se puso los zapatos y envuelto en la manta caminó entre los árboles. Bajó a una grieta en la piedra caliza y se agachó para toser y tosió durante mucho rato. Luego permaneció de hinojos en las cenizas. Levantó la cara al pálido día. ¿Estás ahí?, susurró. ¿Te veré por fin? ¿Tienes cuello por el que estrangularte? ¿Tienes corazón? ¿Tienes alma maldito seas eternamente? Oh, Dios, susurró. Oh, Dios.

Cruzaron la ciudad a mediodía del día siguiente. Él tenía la pistola a mano sobre la lona doblada que cubría el carrito. Llevaba el chico pegado a él. Casi toda la ciudad estaba quemada. No había señales de vida. Coches en la calle con una costra de ceniza, todo cubierto de ceniza y polvo. Rastros fósiles en el fango reseco. Un cadáver en un portal, tieso como el cuero. Haciéndole un mohín al día. Se arrimó al chico. Ten presente que las cosas que te metes en la cabeza están ahí para siempre, dijo. Quizá deberías pensar en eso.

Algunas cosas las olvidas, ¿no?

Sí. Olvidas lo que quieres recordar y recuerdas lo que quieres olvidar.

A un kilómetro y medio de la granja de su tío había un lago adonde su tío y él solían ir a por leña en otoño. Él se sentaba en la parte de atrás del bote con la mano colgando en el agua helada mientras su tío batía los remos. Los pies del viejo en sus zapatos negros de chaval apuntalados en los apoyos. Su sombrero de paja. Su pipa de mazorca entre los dientes y un hilo de saliva colgando de la cazoleta de la pipa. Se volvió para echar un vistazo a la otra orilla, acunando los remos por sus asideros, sacándose la pipa de la boca para limpiarse el mentón con el dorso de la mano. La orilla estaba flanqueada de abedules que se erguían pálidos como huesos contra un fondo de árboles de hoja perenne. El borde del lago una escollera de retorcidos tocones grises, desgastados por la intemperie, árboles abatidos por un huracán años atrás. Los árboles propiamente dichos habían desaparecido, serrados para leña hacía ya tiempo. Su tío hizo virar el bote y levantó los remos y se dejaron llevar hacia los arenosos bajíos hasta que el espejo de popa arañó la arena. Una perca muerta panza arriba en el agua transparente. Hojas amarillas. Dejaron sus zapatos sobre las tablas pintadas calientes y tiraron del bote hasta la playa y sacaron el ancla al extremo de su soga. Una lata de manteca de cerdo llena de cemento con un cáncamo en el centro. Caminaron por la orilla mientras su tío examinaba los tocones, chupando de su pipa, un rollo de cuerda de abacá al hombro. Eligió un tocón y lo volcaron entre los dos utilizando las raíces para hacer palanca, hasta dejarlo medio flotando en el agua. Los pantalones subidos hasta la rodilla y aun así se les mojaron. Ataron la cuerda a un listón en la popa del bote y cruzaron otra vez el lago, tirando del tocón detrás de ellos. Para entonces ya había anochecido. Solo el repetido vaivén de los remos en sus chumaceras. El lago como un cristal oscuro y ventanas iluminadas aproximándose por la orilla. En algún sitio una radio. Ninguno de los dos había dicho palabra. Así era el día perfecto de su infancia. El molde para días futuros.

Continuaron rumbo al sur durante días y semanas. Solitarios y empecinados. Una inhóspita región montañosa. Casas de aluminio. A veces veían tramos de la interestatal allá abajo entre los árboles desnudos de segunda formación. Frío y más frío cada vez. Pasado el desfiladero se detuvieron y contemplaron el gran golfo que se extendía al sur donde todo estaba quemado hasta donde les alcanzaba la vista, renegridas formas rocosas despuntando entre los bancos de ceniza y oleadas de ceniza elevándose para alejarse sobre la tierra baldía. La senda de un sol opaco moviéndose invisible más allá de las tinieblas.

Vadearon durante días aquel terreno cauterizado. El chico había encontrado unos lápices de colores y pintó unos colmillos en su careta y siguió caminando sin quejarse. Una de las ruedas delanteras del carrito se había torcido. ¿Qué se podía hacer? Nada. Allí donde todo estaba quemado hasta las cenizas era imposible encender una lumbre y las noches eran más largas y oscuras y frías que las que habían encontrado hasta ahora. Un frío como para agrietar las piedras. Como para quitarte la vida. Abrazó al chico que tiritaba y contó cada frágil respiración en medio de la negrura.

Despertó al oír un trueno en la distancia y se incorporó. Una luz débil en derredor, temblorosa y sin origen, refractada en la lluvia de hollín a la deriva. Ajustó la lona para taparlos a los dos y permaneció despierto un buen rato, a la escucha. Si se mojaban no habría fuego con el que calentarse. Si se mojaban lo más probable era que muriesen.

La negrura en la que despertaba aquellas noches era ciega e impenetrable. Una negrura como para que dolieran los oídos de escuchar. Tenía que levantarse con frecuencia. Solo el sonido del viento entre los árboles pelados y ennegrecidos. Se levantó y permaneció tambaleante en aquella helada oscuridad autista con los brazos extendidos para mantener el equilibrio mientras su cerebro se esforzaba en hacer sus cálculos vestibulares. Una antigua crónica. Buscar la vertical. Ninguna caída salvo precedida por una declinación. Dio varias zancadas grandes hacia el vacío, contándolas para el regreso. Los ojos cerrados, los brazos remando. ¿Vertical respecto a qué? Algo anónimo en la noche, filón o matriz, para lo cual él y las estrellas eran satélites comunes. Como el gran péndulo en su rotonda escribiendo a lo largo del interminable día movimientos de un universo del que se puede decir que nada sabe y sin embargo algo debe de saber.

Cruzar aquella región costrosa y gris les llevó dos días. Más allá la carretera seguía la cresta de un cerro a ambos lados del cual el monte árido descendía. Está nevando, dijo el chico. Miró al cielo. Un solitario copo grisáceo que cayera de un tamiz. Lo atrapó en la palma de su mano y lo vio expirar como la postrera hostia de la cristiandad.

Siguieron penosamente adelante cubiertos con la lona. Los húmedos copos grises bailando y cayendo hasta quedar en nada. Nieve fangosa y gris en las cunetas. Un agua negra corriendo por debajo de los empapados montones de ceniza. No más fuegos de paja en los cerros lejanos. Pensó que los cultos de sangre se habrían consumido unos a otros. Nadie utilizaba esta carretera. Ni policías ni maleantes. Al cabo de un rato llegaron a un taller de auxilio en carretera y se quedaron en el umbral y contemplaron las rachas de aguanieve gris que caían de las montañas.

Reunieron unas cajas viejas e hicieron fuego en el suelo y él buscó unas herramientas y vació el carrito y se sentó a reparar la rueda. Extrajo el tornillo y taladró el collar metálico con un taladro manual e improvisó un manguito nuevo de un trozo de tubería que había cortado con una sierra de arco. Luego lo atornilló todo otra vez y puso el carrito derecho y lo hizo girar. Rodaba bastante bien. El chico se quedó observándolo todo.

Por la mañana se pusieron en camino. Una región desolada. Una piel de jabalí claveteada a la puerta de un granero. Raída. El rabo menudo. Dentro del granero tres cuerpos colgando de las vigas, secos y polvorientos entre los tenues rayos de luz sesgada. Ahí podría haber algo, dijo el chico. Podría haber maíz o algo así. Vámonos, dijo el hombre.

Lo que más le preocupaba eran los zapatos. Eso y qué comer. La comida, siempre la comida. En un viejo ahumadero de ladrillo terciado encontraron un jamón colgado de un gancho de carnicería en una esquina alta. Parecía sacado de una tumba, tan reseco y mustio. Hizo unos cortes con el cuchillo. Dentro una carne salada de un rojo intenso. Sabrosa y buena. Esa noche frieron unas lonchas gruesas en la lumbre y luego pusieron a cocer las lonchas a fuego lento con una lata de alubias. Más tarde el hombre se despertó a oscuras creyendo oír bramidos de ranas toro por la parte de las lomas. Luego el viento cambió de dirección y solo hubo silencio.

En sueños su pálida novia iba hacia él desde una verde bóveda de ramas. Sus pezones como de marga y sus costillas pintadas de blanco. Llevaba un vestido de gasa y sus cabellos oscuros estaban recogidos con peinetas de marfil, peinetas de concha. Su sonrisa, su mirada baja. Por la mañana volvía a nevar. Cuentas de hielo gris en ristra sobre los cables de electricidad.

Desconfiaba de todo eso. Decía que los sueños correctos para un hombre en peligro eran sueños de peligro y que lo demás era solo la llamada de la languidez y de la muerte. Dormía poco y dormía mal. Soñó que despertaba en un bosque florido con pájaros volando frente a él y el niño y el cielo era de un azul dolorido pero él ya estaba aprendiendo a despertarse de esos mundos de sirena. Tumbado en la oscuridad con un leve y extraño sabor a melocotón de un huerto fantasma en la boca. Pensó que si vivía lo suficiente el mundo se perdería por fin del todo. Como el agonizante mundo que habitan los ciegos nuevos, todo él disolviéndose lentamente de la memoria.

De las fantasías diurnas en la carretera no había modo de despertar. Siguió caminando pesadamente. Lo recordaba todo de ella salvo su olor. Sentado en un teatro con ella al lado inclinada al frente escuchando la música. Volutas y apliques dorados y los pliegues del telón como columnas a cada lado del escenario. Ella le tenía la mano cogida sobre el regazo y él notaba la parte superior de sus medias a través de la fina tela de su vestido de verano. Congela este fotograma. Ahora maldice tu oscuridad y tu frío y fastídiate.

Encontró dos escobas viejas e improvisó unas barrederas que ató con alambre al carrito para despejar de obstáculos la carretera al paso de las ruedas y luego montó al chico en la cesta y se subió a la barra trasera como un musher en su trineo y partieron cuesta abajo, guiando el carrito en las curvas con sus cuerpos como los corredores de bobsleigh. Era la primera vez que veía sonreír al chico en mucho tiempo.

En lo alto de la colina había una curva y un ramal en la carretera. Una vieja pista que se adentraba en el bosque. Abandonaron la carretera y fueron a sentarse a un banco y contemplaron el valle que se perdía a lo lejos en la niebla arenosa. Allá abajo un lago. Frío y pesado y gris en la escobillada cuenca de la campiña.

¿Qué es eso, papá?

Una presa.

¿Para qué sirve?

Así se formó el lago. Antes de que construyeran la presa ahí abajo solo había un río. La presa utilizaba el agua que pasaba por ella para hacer girar unos ventiladores grandes llamados turbinas que generaban electricidad.

Para tener luz.

Sí. Para tener luz.

¿Podemos bajar a ver?

Me parece que está demasiado lejos.

¿La presa seguirá ahí mucho tiempo?

Eso creo. Está hecha de hormigón. Probablemente aguantará centenares de años. Miles, incluso.

¿Crees que podría haber peces en el lago?

No. En el lago no hay nada.

Mucho tiempo atrás en algún lugar cerca de aquí había visto un halcón abatirse por la larga pared azul de la montaña y romper con la quilla de su esternón la grulla que iba en el centro exacto de un bando y llevársela al río toda hecha un guiñapo y arrastrando su plumaje suelto y descuidado por el quieto aire otoñal.

El aire granuloso. Su sabor siempre en la boca. Permanecieron bajo la lluvia como animales de corral. Luego siguieron adelante sosteniendo la lona encima de ellos para protegerse de la llovizna. Tenían los pies mojados y fríos y sus zapatos estaban hechos una pena. En las pendientes viejos cultivos muertos y achatados. Los estériles árboles a lo largo de la cresta severos y negros bajo la lluvia.

Y los sueños tan llenos de color. ¿Cómo si no te reclamaba la muerte? Al despertar en el frío amanecer todo se volvía ceniza al instante. Como ciertos frescos antiguos sepultados durante siglos y expuestos de repente a la luz del día.

El tiempo despejó y el frío y llegaron por fin al amplio valle fluvial, las apedazadas tierras de labranza visibles todavía, todo muerto hasta las raíces en los áridos terrenos de aluvión. Se afanaron por el asfalto. Casas altas de madera. Tejados laminados a máquina. En un campo un granero de troncos con un anuncio en descoloridas letras de tres metros ocupando toda la vertiente del tejado. Visite Rock City.

Los setos a ambos lados de la carretera no eran sino hileras de zarzas negras y retorcidas. Ninguna señal de vida. Dejó al chico sosteniendo la pistola mientras él subía unos viejos escalones de piedra caliza y recorría el porche de la casa haciendo visera y mirando por las ventanas. Entró por la cocina. Basura en el suelo, periódicos atrasados. Porcelana en un chinero, tazas colgando de sus ganchitos. Atravesó el pasillo y se detuvo en el umbral de la sala. Había un viejo órgano de fuelle en el rincón. Un televisor. Muebles baratos tapizados además de un viejo chiffonnier de cerezo hecho a mano. Subió la escalera y entró en los dormitorios. Todo cubierto de ceniza. Un cuarto de niño con un perro de peluche en el alféizar mirando al jardín. Registró los armarios. Deshizo las camas y cogió dos buenas mantas de lana y volvió a bajar. En la despensa había tres tarros de conserva de tomate casera. Sopló el polvo de las tapas y las examinó. Alguien antes que él no se había fiado y al final tampoco él se fió y salió de la casa con las mantas al hombro y partieron de nuevo por la carretera.

A las afueras de la ciudad llegaron a un supermercado. Varios coches viejos en un aparcamiento sembrado de desperdicios. Dejaron allí el carrito y recorrieron los sucios pasillos. En la sección de alimentación encontraron en el fondo de los cajones unas cuantas judías verdes y lo que parecían haber sido albaricoques, convertidos desde hacía tiempo en arrugadas efigies de sí mismos. El chico le seguía. Salieron por la puerta de atrás de la tienda. En el callejón unos cuantos carritos, todos muy oxidados. Volvieron a pasar por la tienda buscando otro carrito pero no había ninguno más. Junto a la puerta había dos máquinas de refrescos que alguien había volcado y abierto con una palanca. Monedas esparcidas por la ceniza del suelo. Se sentó y paseó la mano por las tripas de las máquinas y en la segunda palpó un cilindro frío de metal. Retiró lentamente la mano y vio que era una Coca-Cola.

¿Qué es, papá?

Una chuchería. Para ti.

¿Qué es?

Ven. Siéntate.

Aflojó las correas de la mochila del chico y dejó la mochila en el suelo detrás de él y metió la uña del pulgar bajo el gancho de aluminio en la parte superior de la lata y la abrió. Acercó la nariz al discreto burbujeo que salía de la lata y luego se la pasó al chico. Toma, dijo.

El chico cogió la lata. Tiene burbujas, dijo.

Bebe.

El chico miró a su padre y luego inclinó la lata para beber. Se quedó allí sentado pensando en ello. Está muy rico, dijo.

Así es.

Toma un poco, papá.

Quiero que te la bebas tú.

Solo un poco.

Cogió la lata y dio un sorbo y se la devolvió. Bebe tú, dijo. Quedémonos aquí sentados un rato.

Es porque nunca más volveré a beber otra, ¿verdad?

Nunca más es mucho tiempo.

Vale, dijo el chico.

Al atardecer del día siguiente estaban en la ciudad. Las largas curvas de los intercambiadores de la interestatal como las ruinas de una enorme casa del terror contra el fondo tenebroso. Llevaba el revólver metido por la parte delantera del cinturón y la parka con su cremallera bajada. Por todas partes muertos momificados. La carne rajada a lo largo del hueso, los ligamentos tirantes como alambres de tan secos como estaban. Marchitos y ojerosos como modernos habitantes de los pantanos, las caras de sábana hervida, las amarillentas empalizadas de sus dientes. Descalzos hasta el último de ellos como peregrinos de baja extracción pues hacía tiempo que les habían robado a todos sus zapatos.

Siguieron adelante. No dejaba de vigilar a su espalda por el retrovisor. Lo único que se movía en la calle era la ceniza que el viento levantaba. Cruzaron el alto puente de hormigón sobre el río. Debajo un amarradero. Pequeñas embarcaciones de placer semihundidas en el agua gris. Río abajo chimeneas altas que el hollín volvía borrosas.

Al día siguiente en un recodo varios kilómetros al sur de la ciudad y medio perdida entre los zarzales muertos llegaron a una vieja casa de madera con chimeneas y aleros y una pared de piedra. El hombre se detuvo. Luego empujó el carrito hacia el camino particular.

¿Qué sitio es este, papá?

La casa donde yo crecí.

El chico se quedó allí mirando. La mayoría de las tablas de madera habían desaparecido de las paredes inferiores para servir de leña, dejando al descubierto las tachuelas y el material aislante. La mosquitera podrida del porche de atrás estaba tirada en la terraza de cemento.

¿Vamos a entrar?

¿Y por qué no?

Tengo miedo.

¿No quieres ver dónde vivía yo?

No.

Estate tranquilo.

Podría haber alguien dentro.

No lo creo.

¿Y si resulta que sí?

Levantó la vista hacia el alero de su antigua habitación. Luego miró al chico. ¿Quieres esperar aquí?

No. Siempre dices lo mismo.

Lo siento.

Ya lo sé. Pero siempre lo dices.

Dejaron las mochilas en la terraza y caminaron por el porche apartando basura a puntapiés y entraron en la cocina. El chico no se soltó de su mano. Todo estaba casi como él lo recordaba. Las habitaciones vacías. En el cuartito contiguo al comedor había un camastro de hierro sin colchón, una mesa plegable metálica. En el pequeño hogar la misma parrilla de hierro colado. De las paredes faltaba la chapa de pino y solo se veían los listones de enrasar. Permaneció allí de pie. Tocó con el pulgar los agujeros de chincheta en la madera pintada de la repisa allí donde cuarenta años atrás habían colgado calcetines. Cuando yo era pequeño celebrábamos la Navidad aquí. Se dio la vuelta y contempló el patio arruinado. Una maraña de lilas muertas. La forma de un seto. En las frías noches de invierno cuando se iba la luz por una tormenta nos sentábamos aquí, mis hermanas y yo, delante del fuego y hacíamos los deberes. El chico le observó. Y observó figuras que lo reclamaban pero que él no podía ver. Papá, deberíamos irnos, dijo. Sí, dijo el hombre. Pero se quedó quieto.

Pasaron por el comedor donde los ladrillos refractarios del hogar eran tan amarillos como el día en que lo construyeron porque su madre no soportaba ver que se ennegrecieran. El suelo estaba alabeado debido a la lluvia. En el salón una pila de huesos de un pequeño animal descoyuntado. Posiblemente un gato. Un vasito de cristal junto a la puerta. El chico le agarró la mano. Subieron la escalera y torcieron hacia el pasillo. Pequeños conos de yeso húmedo erguidos en el suelo. Los listones del techo a la vista. Se detuvo en el umbral de su habitación. Un pequeño espacio bajo el alero. Aquí es donde yo dormía. Mi cama estaba contra esa pared. En las noches contadas por millares soñar los sueños de la imaginación de un niño, mundos ricos o temibles según se presentaran pero nunca el que iba a ser. Abrió la puerta del armario casi esperando encontrar las cosas de su infancia. La luz diurna cruda y fría colándose por el tejado. Gris como su corazón.

Deberíamos irnos, papá. ¿Podemos irnos?

Sí. Claro que podemos.

Estoy asustado.

Lo sé. Perdona.

Tengo miedo.

Tranquilo. No deberíamos haber venido.

Tres noches más tarde en las estribaciones de las montañas orientales se despertó a oscuras al oír algo que se acercaba. Permaneció con las manos a los costados. El suelo estaba temblando. La cosa venía hacia ellos.

¿Papá?, dijo el chico. ¿Papá?

Chsss... No pasa nada.

¿Qué es, papá?

Cada vez sonaba más cerca. Todo temblaba. Después pasó por debajo de ellos como un tren subterráneo y se retiró hacia la noche y desapareció. El chico se abrazó a él llorando, la cabeza sepultada en su pecho. Chsss... Tranquilo.

Tengo mucho miedo.

Lo sé. Tranquilo. Ya pasó.

¿Qué era, papá?

Era un terremoto. Ya ha pasado. Estamos a salvo. Chsss...

En aquellos primeros años las carreteras estaban pobladas por refugiados envueltos hasta arriba en sus harapos. Con mascarillas y gafas protectoras, sentados en la cuneta como aviadores fracasados. Sus carretillas repletas de desechos. Tirando de carromatos o carritos de supermercado. Los ojos brillantes en sus cráneos. Hollejos de hombres sin credo tambaleándose por los pasos elevados como emigrantes en una tierra salvaje. La fragilidad de todo por fin revelada. Viejos y preocupantes problemas desintegrados en la nada y la noche. El último ejemplo de una cosa pone punto final a la clase. Apaga la luz y se va. Mira a tu alrededor. «Siempre» es mucho tiempo. Pero el chico sabía lo que él sabía. Que siempre es un abrir y cerrar de ojos.

A media tarde se sentó junto a una ventana gris en una casa abandonada y en la luz grisácea leyó periódicos viejos mientras el chico dormía. Noticias curiosas. Temas pintorescos. Las prímulas se cierran a las ocho. Miró dormir al chico. ¿Serás capaz? ¿Cuando llegue el momento? ¿Serás capaz?

Acuclillados en la carretera comieron arroz frío y alubias frías que habían cocido días atrás. Empezando ya a fermentar. No había sitio donde hacer fuego sin que les vieran. Dormían acurrucados el uno contra al otro envueltos en las malolientes colchas en medio de la oscuridad y el frío. Él abrazando al chico. Tan flaco. Mi corazón, dijo. Mi corazón. Pero sabía que aun siendo un buen padre era muy posible que ella llevara razón en lo que dijo. Que el chico era lo único que había entre él y la muerte.

Avanzado el año. No sabía en qué mes estaban. Le parecía que tenían comida suficiente para cruzar las montañas pero toda certeza era imposible. El paso en la divisoria de aguas estaba a mil quinientos metros de altitud e iba a hacer mucho frío. Él dijo que todo dependía de llegar a la costa, pero al despertar en mitad de la noche supo que eran palabras vanas y sin el menor fundamento. Había bastantes probabilidades de que murieran en las montañas y ahí se acabaría todo.

Atravesaron las ruinas de una población turística y tomaron la carretera hacia el sur. Kilómetros de bosques quemados en las laderas y nevando antes de lo que había previsto. Ni una sola huella en el asfalto, nada vivo en ninguna parte. Las rocas negras por el fuego como formas de osos en los taludes descarnadamente arbolados. Desde un puente de piedra miró corretear las aguas hacia una poza y girar lentamente formando una espuma gris. Donde antaño había visto truchas nadar en la corriente, resiguiendo sus sombras perfectas en las piedras del lecho. Siguieron adelante, el chico le pisaba los talones. Apoyado en el carrito, subiendo lentamente por las curvas pronunciadas. Había incendios activos todavía arriba en las montañas y por la noche podían ver sus luces de un naranja intenso entre el hollín que descendía. Empezaba a hacer más frío pero tenían la lumbre encendida toda la noche y así la dejaban por la mañana cuando se ponían en camino. Había envuelto los pies de ambos en tela de arpillera atada con cordel y por ahora la nieve era solo de unos centímetros pero sabía que si el espesor aumentaba tendrían que abandonar el carrito. La marcha se hacía ya penosa y cada dos por tres se detenía para descansar. Afanándose hasta el borde de la carretera y una vez allí doblado con las manos en las rodillas de espaldas al chico, en pleno ataque de tos. Después se incorporaba, los ojos lagrimeando. En la nieve gris una fina bruma de sangre.

Acamparon pegados a una roca y él hizo un cobijo con palos y la lona. Encendió fuego y se pusieron a arrastrar una gran pila de leña menuda para toda la noche. Habían amontonado una alfombrilla de ramas secas de cicuta encima de la nieve y se sentaron envueltos en las mantas mirando la lumbre y bebiendo lo que les quedaba del cacao rescatado hacía semanas de la basura. Nevaba otra vez, copos blandos descendiendo a la deriva en la oscuridad. Él se quedó medio dormido con el agradable calor. La sombra del chico pasó por encima de él. Con una brazada de leña. Le miró atizar el fuego. El dragón personificado. Las chispas volaban hacia lo alto y morían en la oscuridad sin estrellas. No todas las palabras moribundas son verdad y esta bendición no es menos real porque la hayan despojado de su suelo.

Al despertarse por la mañana de la lumbre solo quedaban carbones. Caminó hasta la carretera. Todo estaba encendido. Como si el sol ausente hubiera vuelto por fin. La nieve naranja y temblorosa. Un incendio en el bosque se abría paso por los cerros de pura yesca, llameando y titilando como una aurora boreal contra el cielo nublado. Pese al frío que hacía permaneció un buen rato de pie. El color de todo aquello removía en él algo olvidado hacía tiempo. Haz una lista. Recita una letanía. Recuerda.

Hacía más frío. Nada se movía en aquellas alturas. Un fuerte olor a humo de leña flotaba sobre la carretera. Empujando el carrito por la nieve. Unos cuantos kilómetros cada día. No tenía la menor idea de a qué distancia podía estar la cumbre. Comían muy frugalmente y el hambre no los abandonaba. Se detuvo a contemplar la región. Un río allá abajo. ¿Qué distancia habían recorrido?

Soñaba que ella estaba enferma y que él la cuidaba. El sueño transmitía una apariencia de sacrificio pero él pensaba de otra manera. No la cuidó y ella murió a solas en la oscuridad y no hay ningún otro sueño ni otro mundo de vigilia y no hay ninguna otra historia que contar.

En esta carretera no hay interlocutores de Dios. Se han ido y me han dejado aquí solo y se han llevado consigo el mundo. Duda: ¿En qué difiere el nunca será de lo que nunca fue?

Oscuridad de la luna invisible. Las noches ahora solo un poco menos negras. De día el sol proscrito circunda la tierra cual madre afligida con una lámpara.

Personas sentadas en la acera al amanecer medio inmoladas y humeando en sus prendas de vestir. Como frustrados suicidas sectarios. Otros vendrían a ayudarlos. Antes de transcurrido un año había incendios en las montañas y cánticos delirantes. Los gritos de los asesinados. De día los muertos empalados en estacas a lo largo de la carretera. ¿Qué habían hecho? Él pensaba que en la historia del mundo tal vez incluso había más castigo que crimen pero ese era un magro consuelo.

El aire iba enrareciéndose y pensó que la cima no debía de estar lejos. Quizá mañana. Mañana pasó sin novedad. Ya no nevaba pero había medio palmo de nieve en la carretera y empujar el carrito por aquellas cuestas requería un gran esfuerzo. Pensó que tendrían que abandonarlo. ¿Cuántas cosas podían cargar entre los dos? Se detuvo y dirigió la vista hacia los áridos taludes. La ceniza caía sobre la nieve hasta dejarla prácticamente negra.

A cada curva parecía que el paso estuviera allí mismo y entonces un atardecer se detuvo y miró todo aquello y lo reconoció. Se desabrochó el cuello de la parka y se bajó la capucha y aguzó el oído. El viento entre las negras matas de cicuta. El aparcamiento vacío en el mirador. El chico de pie a su lado. Como él mismo había estado junto a su propio padre un invierno de hacía muchos años. ¿Qué es, papá?, dijo el chico.

El desfiladero. Ahí lo tenemos.

Por la mañana se pusieron de nuevo en marcha. Hacía mucho frío. A media tarde empezó a nevar otra vez y acamparon temprano y se metieron bajo el corrido de la lona y observaron caer la nieve sobre la lumbre. Por la mañana había varios centímetros de nieve reciente en el suelo pero había dejado de nevar y el silencio era tal que casi podían oír sus corazones. Apiló un poco de leña sobre los rescoldos y avivó el fuego y se abrió camino por el ventisquero para desenterrar el carrito. Buscó entre las latas y volvió y se sentaron junto al fuego y comieron las galletas que quedaban y una lata de salchichas. En un bolsillo de su mochila había encontrado medio paquete de cacao y se lo preparó al chico y luego él se sirvió agua caliente en su taza y se quedó sentado soplando sobre el borde.

Me prometiste que no harías eso, dijo el chico.

¿El qué?

Ya sabes qué, papá.

Tiró el agua caliente al cazo y cogió la taza del chico y se sirvió un poco de cacao y luego le devolvió la taza.

Tengo que vigilarte todo el rato, dijo el chico.

Ya lo sé.

Si no cumples una promesa pequeña tampoco cumplirás una grande. Es lo que tú me dijiste.

Lo sé. Descuida.

Estuvieron todo el día bajando por la pendiente sur de la hoya. Donde el ventisquero era más hondo el carrito no avanzaba y tuvo que tirar de él con una mano mientras abría camino en la nieve. De no haber estado en las montañas habrían podido encontrar algo que sirviera de trineo. Un viejo rótulo de metal o una chapa de hojalata para techos. Las envolturas de sus pies estaban ya empapadas y les daban frío y humedad. Se apoyó en el carrito para recobrar el aliento mientras el chico aguardaba. Hubo un chasquido fuerte en algún punto de la montaña. Luego otro. Es solo un árbol que cae, dijo. No pasa nada. El chico estaba mirando los árboles muertos de la cuneta. Tranquilo, dijo el hombre. Tarde o temprano todos los árboles del mundo tienen que caer. Pero no encima de nosotros.

¿Cómo lo sabes?

Lo sé y punto.

Sin embargo encontraron árboles atravesados en la carretera y tuvieron que descargar el carrito y pasar toda la carga por encima de los troncos y meterlo todo otra vez en el carrito al otro lado. El chico encontró juguetes de los que ya no se acordaba. Se encariñó de un camión amarillo y siguieron andando con el camión encima de la lona.

Acamparon en un banco de tierra al otro lado de un arroyo helado junto a la carretera. El viento había apartado la ceniza del hielo y el hielo estaba negro y el arroyo parecía un sendero de basalto que serpenteaba por el bosque. Reunieron leña en el lado norte del talud donde no estaba tan húmeda, derribando árboles a empujones y arrastrándolos hasta el campamento. Encendieron lumbre y extendieron la lona y colgaron la ropa mojada en unos palos, humeante y maloliente, y se sentaron arrebujados en las mantas y desnudos mientras el hombre arrimaba los pies del chico a su estómago para calentárselos.

Despertó gimiendo en mitad de la noche y el hombre lo abrazó. Chsss..., dijo. Chsss... No pasa nada.

He tenido una pesadilla.

Ya lo sé.

¿Te cuento qué pasaba?

Si quieres, sí.

Yo tenía un pingüino de esos que les das cuerda y echan a andar y mueven las aletas. Estábamos en la casa donde vivíamos antes y el pingüino aparecía por una esquina pero nadie le había dado cuerda y yo me asustaba mucho.

Tranquilo.

En el sueño daba mucho más miedo.

Lo sé. Hay sueños que dan mucho miedo.

¿Por qué he tenido esa pesadilla?

No lo sé. Pero ya pasó. Voy a echar un poco de leña al fuego. Tú duerme.

El chico no replicó. Después dijo: La cuerda no giraba.

Tardaron cuatro días más en bajar de la nieve e incluso entonces había trechos nevados en ciertos recodos de la carretera e incluso más allá la carretera estaba negra y húmeda por la escorrentía de tierra adentro. Bordearon una profunda garganta y allá abajo en la oscuridad un río. Permanecieron a la escucha.

Grandes riscos escarpados al otro lado del cañón con esqueléticos árboles negros aferrándose al talud. El sonido del río se perdió a lo lejos. Luego volvió. Un viento helado soplaba de la región inferior. Les llevó todo el día alcanzar el río.

Dejaron el carrito en una zona de aparcamiento y se adentraron en el bosque. Un retumbo procedente del río. Era una cascada que caía de un saliente de roca y salvaba una altura de veinticinco metros en medio de una mortaja de bruma hasta la poza de abajo. Pudieron oler el agua y notar el frío que venía de ella. Un banco de grava húmeda. Se quedó mirando al chico. ¡Anda!, dijo el chico. No podía apartar la vista de la cascada.

Se puso en cuclillas y cogió un puñado de guijarros y los olió y los dejó caer. Redondeados y lisos como canicas o tabletas de piedra con vetas y franjas. Pequeños discos negros y fragmentos de cuarzo pulimentado brillantes a causa de la bruma que se alzaba del río. El chico se adelantó y se puso en cuclillas y tocó el agua oscura con la mano.

La cascada caía casi en el centro de la poza. Una espuma gris giraba sobre sí misma. Permanecieron uno al lado del otro hablándose a gritos debido al estruendo.

¿Está fría?

Sí. Helada.

¿Quieres meterte?

No sé.

Sí que quieres.

¿Puedo?

Vamos.

Se bajó la cremallera de la parka y dejó caer la parka en la grava y el chico se incorporó y se desnudaron y se metieron en el agua. Pálidos como fantasmas y tiritando. El chico tan flaco que casi le hizo llorar. Él se zambulló de cabeza y emergió boqueando de frío y dio media vuelta y se quedó de pie, golpeándose los brazos.

¿Me cubre a mí?, gritó el chico.

No. Vamos.

Giró de nuevo y nadó hasta la cascada y dejó que el agua le cayera encima. El chico estaba metido en la poza hasta la cintura, agarrándose los hombros y brincando. El hombre regresó. Abrazó al chico y lo hizo flotar, el chico chapoteando y muerto de frío. Bien, dijo el hombre. Lo estás haciendo muy bien.

Se vistieron tiritando y luego remontaron el sendero hasta la parte superior del río. Caminaron por las rocas hasta donde el río parecía quedarse sin espacio y él sujetó al chico mientras se aventuraba hacia el último saliente de roca. El río se deslizaba sobre el borde y caía a pico a la poza de abajo. El río entero. El chico le agarró el brazo con fuerza.

Está muy abajo, dijo.

Sí. Bastante.

¿Te morirías si cayeras desde aquí?

Te harías daño. Es mucha distancia.

Qué miedo.

Caminaron por el bosque. La luz empezaba a flaquear. Siguieron el llano bordeando la parte superior del río entre enormes árboles muertos. Un frondoso bosque sureño donde antes hubo manzanas de mayo y quimafilas. Ginseng. Las ramas muertas de los rododendros retorcidas y nudosas y negras. Se detuvo. Había algo en el suelo. Se agachó para separar el mantillo. Una pequeña colonia, encogidas, resecas y arrugadas. Cogió una y se la llevó a la nariz. Mordió una punta y la masticó.

¿Qué es, papá?

Colmenillas. Son colmenillas.

¿Y qué son colmenillas?

Un tipo de seta.

¿Se pueden comer?

Sí. Toma.

¿Son buenas?

Muerde.

El chico olió la seta y dio un mordisco y se quedó masticando. Miró a su padre. Son bastante ricas, dijo.

Arrancaron las colmenillas del suelo, unas cosas de aspecto extraño que él fue metiendo en la capucha de la parka del chico. Volvieron a la carretera y bajaron hasta donde habían dejado el carrito y acamparon junto a la poza de la cascada y lavaron las colmenillas de tierra y ceniza y las pusieron en remojo en un cazo con agua. Para cuando hubo encendido la lumbre era ya de noche. Troceó unas cuantas setas encima de un leño y las tiró a la sartén junto con la grasa de cerdo de una lata de alubias y lo puso todo a fuego lento sobre las brasas. El chico le observó. Este es un buen sitio, papá, dijo.

Comieron las pequeñas setas acompañadas de alubias y bebieron té y tomaron peras en lata de postre. Arrimó el fuego a la fisura de roca donde antes lo había encendido y colgó la lona detrás de ellos para que reflejara el calor y se sentaron en el refugio mientras él le contaba cuentos al chico. Lo que recordaba de viejas historias de valor y justicia hasta que el chico se quedó dormido en las mantas y luego él echó más leña al fuego y se tumbó caliente y saciado y escuchó el retumbo de la cascada en aquel oscuro y raído bosque.

Por la mañana echó a andar río abajo siguiendo el sendero que lo bordeaba. El chico llevaba razón al decir que era un buen sitio y quería comprobar si había señales de otros visitantes. No encontró nada. Se quedó mirando el río allí donde cambiaba de dirección y se precipitaba a una balsa formando remolinos. Arrojó al agua una piedra blanca que se perdió rápidamente de vista como si se la hubieran tragado. Él había estado una vez en un río así y había visto destellos de truchas nadando en una poza, invisibles en el agua color de té salvo cuando se ponían de costado para comer. Reflejando el sol desde aquella oscuridad profunda como un destello de navajas en una cueva.

No podemos quedarnos, dijo. Hace más frío cada día. Y la cascada es una atracción. Lo ha sido para nosotros y lo será para otros y no sabemos de qué gente se trata y no podemos oírlos llegar. No es un sitio seguro.

Podríamos quedarnos un día más.

No es seguro.

Bueno, quizá encontraremos otro sitio en el río.

Hemos de seguir avanzando. Debemos seguir hacia el sur.

¿El río no va hacia el sur?

No.

¿Puedo verlo en el mapa?

Sí. Voy a buscarlo.

Antiguamente el ajado mapa de carreteras tenía las hojas pegadas entre sí con cinta aislante pero ahora solo estaban clasificadas y numeradas a lápiz en las esquinas para poder montarlas. Revisó las mustias páginas y extendió las que correspondían a su situación.

Aquí cruzamos un puente. Parece que está a unos doce kilómetros. Esto es el río. Va hacia el este. Seguimos la carretera por la vertiente oriental de las montañas. Las líneas negras del mapa son nuestras carreteras, las carreteras estatales.

¿Por qué son estatales?

Porque antes pertenecían a los estados. A lo que antes llamaban estados.

¿Es que ya no existen estados?

No.

¿Qué pasó?

No lo sé exactamente. Es una buena pregunta.

Pero las carreteras siguen ahí.

Sí. Por ahora.

¿Hasta cuándo?

No lo sé. Quizá bastante tiempo. No hay nada para arrancarlas de modo que por ahora no habrá problema.

Pero no pasarán coches ni camiones.

No.

Vale.

¿Estás listo?

El chico asintió con la cabeza. Se restregó la nariz con la manga y se echó a la espalda la pequeña mochila y el hombre dobló las páginas del mapa y se puso de pie y el chico lo siguió a través de la gris empalizada de árboles hasta la carretera.

Cuando el puente estuvo al alcance de la vista había allí un camión con remolque atravesado en la calzada e incrustado en el parapeto de hierro. Llovía otra vez y se detuvieron con la lluvia tamborileando flojito en la lona. Mirando desde la penumbra azul de debajo del plástico.

¿Podremos pasar por el lado?, dijo el chico.

Lo dudo. Seguramente se podrá pasar por debajo. Quizá tendremos que descargar el carrito.

El puente salvaba el río sobre un rápido. Oyeron el rumor al doblar la curva de la carretera. Un viento recio soplaba de la garganta y se arrebujaron en la lona tirando de las esquinas y empujaron el carrito por el puente. Se veía el río a través de la estructura de hierro. Más abajo del rápido había un puente ferroviario sobre pilares de piedra caliza. Las piedras de los pilares estaban sucias muy por encima del río debido a las crecidas y en el recodo del mismo había grandes camellones de ramas y arbustos negros y troncos de árbol que lo obstruían.

El camión llevaba allí años, los neumáticos desinflados y arrugados bajo las llantas. El morro del vehículo estaba incrustado en el parapeto del puente y el remolque se había desenganchado de la chapa superior y embutido en la parte de atrás de la cabina. La trasera del remolque había patinado hasta abollar el parapeto del otro lado y ahora estaba suspendida varios palmos sobre la garganta. Empujó el carrito bajo el remolque pero el asidero no pasaba. Tendrían que meterlo de costado. Lo dejó cubierto con la lona y pasaron ellos dos agachados por debajo del remolque y le dijo al chico que se quedara allí para no mojarse mientras él subía al escalón del depósito de combustible y limpiaba de agua el parabrisas y miraba dentro de la cabina. Volvió a bajar y estiró el brazo para abrir la portezuela y montó en la cabina y cerró. Miró lo que había a su alrededor. Una litera vieja como una caseta de perro detrás de los asientos. Papeles en el suelo. La guantera estaba abierta pero dentro no había nada. Pasó entre los asientos. Había un colchón mojado en la litera y una pequeña nevera con la puerta abierta. Una mesa plegable. Revistas viejas por el suelo. Miró en los armaritos de contrachapado pero estaban vacíos. Había cajones debajo de la litera y los abrió y miró entre los trastos. Volvió a pasar a la cabina y se sentó donde el conductor y miró río abajo por entre el lento gotear de agua en el cristal. El tamborileo de la lluvia sobre el techo metálico y la lenta oscuridad apoderándose de todo.

Esa noche durmieron en el camión y por la mañana había dejado de llover y descargaron el carrito y lo fueron pasando todo por debajo al otro lado del vehículo y volvieron a cargar el carrito. Puente abajo, como a treinta metros más o menos, había restos renegridos de unos neumáticos que alguien había quemado. Se quedó mirando el remolque. ¿Tú qué crees que hay dentro?, dijo.

No lo sé.

No somos los primeros que pasamos por aquí. Seguramente no hay nada.

De todos modos no se puede entrar.

El hombre aplicó el oído a un costado del remolque y golpeó la chapa con la palma de la mano. Suena vacío, dijo. Probablemente se puede entrar por el techo. Si no alguien habría abierto un agujero en la chapa.

¿Y con qué?

Algo habrían encontrado.

Se quitó la parka y la dejó encima del carrito y se subió al parachoques del camión y luego al capó y se encaramó al parabrisas para trepar al techo de la cabina. Allí de pie se dio la vuelta y miró el río. Metal mojado bajo sus pies. Miró al chico. El chico parecía preocupado. Estiró el brazo y se agarró donde pudo a la parte frontal del remolque y se izó lentamente a pulso. Era todo lo que podía hacer y ya tenía mucho menos peso que izar. Consiguió pasar una pierna sobre el borde y se quedó allí colgado descansando. Luego se dio impulso y acabó de subir y una vez arriba se sentó.

Había una claraboya como hacia la tercera parte del techo y se acercó a ella medio agachado. No estaba tapada y el interior del remolque olía a contrachapado húmedo y a aquel olor acre que ya conocía. Llevaba una revista en el bolsillo de la cadera y la sacó y arrancó unas páginas e hizo una pelota con ellas y sacó su encendedor y prendió los papeles y arrojó la pelota a la oscuridad. Un rugido apagado. Apartó el humo con la mano y miró al interior del remolque. El pequeño fuego que ardía en el suelo parecía estar muy abajo. Tapó el resplandor con una mano y al hacerlo pude ver casi hasta el fondo de la caja. Cuerpos humanos. Espatarrados en toda suerte de posturas. Resecos y encogidos en sus prendas podridas. La pelota de papel soltó una última y pequeña llamarada y se extinguió dejando fugazmente un tenue dibujo en la incandescencia. La forma de una flor, una rosa fundida. Después reinó otra vez la oscuridad.

Aquella noche acamparon en el bosque en una loma orientada a las amplias tierras bajas que se extendían hacia el sur. Encendió una fogata arrimada a una roca y comieron las últimas colmenillas y una lata de espinacas. Por la noche una tormenta que se había originado en las montañas fue descendiendo entre truenos y rayos y el desolado mundo gris surgía una vez y otra en el velado resplandor de los relámpagos. El chico se agarró a él hasta que pasó de largo. Un breve tamborileo de granizo y luego la lluvia lenta y fría.

Cuando se despertó de nuevo era aún de noche pero ya no llovía. Una luz humosa allá en el valle. Se levantó y caminó por la loma. Una bruma de fuego que se extendía varios kilómetros. Se puso en cuclillas y observó. Le llegó el olor del humo. Se humedeció un dedo y lo puso al viento. Cuando se levantó y dio media vuelta para volver, la lona estaba iluminada por dentro porque el chico se había despertado. Ubicada allí en la oscuridad, la forma frágil y azul parecía el emplazamiento de los últimos aventureros en los confines del mundo. Algo prácticamente inexplicable. Y lo era.

Todo el día siguiente viajaron a través de la cambiante neblina de humo. En las cañadas el humo elevándose del suelo como grupos de velas paganas. Hacia el anochecer llegaron a un lugar donde el fuego había cruzado la carretera y el macadán estaba todavía caliente y un poco más allá empezó a ablandarse bajo sus pies. El alquitrán caliente succionándoles los zapatos y dejando unas franjas finas a medida que pisaban. Se detuvieron. Tendremos que esperar, dijo.

Volvieron sobre sus pasos y acamparon en la carretera misma y cuando se pusieron en marcha a la mañana siguiente el macadán se había enfriado. Al rato encontraron unas huellas grabadas en el alquitrán. Aparecieron tal cual de repente. Él se acuclilló para examinarlas. Alguien había salido del bosque durante la noche y había continuado por la calzada derretida.

¿Quién es?, dijo el chico.

No lo sé. ¿Quién es nadie?

Le dieron alcance. Caminaba despacio arrastrando ligeramente una pierna y se detenía de vez en cuando allí encorvado y vacilante antes de seguir andando.

¿Qué hacemos, papá?

No pasará nada. Vamos a seguirle y ya se verá.

Echamos un vistazo, dijo el chico.

Eso. Echamos un vistazo.

Lo siguieron durante un buen trecho pero al paso que llevaba les estaba haciendo perder el día y finalmente el hombre se sentó en el asfalto y ya no volvió a levantarse. El chico se colgó de la chaqueta de su padre. Nadie dijo nada. Estaba tan quemado como la comarca, sus ropas chamuscadas y negras. Un ojo lo tenía cerrado por la quemadura y sus cabellos eran apenas una peluca sarnosa de ceniza sobre su cráneo ennegrecido. Cuando pasaron el hombre bajó la vista. Como si hubiera hecho algo mal. Sus zapatos estaban atados con alambre y cubiertos de alquitrán. El hombre se quedó sentado en silencio, harapiento y doblado hacia delante. El chico se volvía a cada momento. Papá, susurró, ¿qué le pasa a ese hombre?

Lo ha alcanzado un rayo.

¿No podemos ayudarle, papá?

No. No podemos.

El chico seguía tirándole de la chaqueta. Papá, dijo.

Basta ya.

¿No podemos ayudarle?

No. No podemos. No se puede hacer nada por él.

Siguieron adelante. El chico lloraba. No dejaba de mirar atrás. Cuando llegaron al pie de la colina el hombre se detuvo y le miró y miró carretera arriba. El quemado había caído al suelo y a tanta distancia ni siquiera se veía qué era. Lo siento, dijo, pero no tenemos nada para darle. No hay modo de echarle una mano. Siento lo que le ha pasado pero nosotros no podemos arreglarlo. Comprendes, ¿verdad? El chico permaneció cabizbajo. Asintió con la cabeza. Después continuaron andando y ya no volvió a mirar atrás.

De anochecida la luz opaca y sulfurosa de los incendios. El agua estancada en las cunetas negras por la escorrentía. Las montañas envueltas como en una mortaja. Por un puente de hormigón cruzaron un río donde madejas de ceniza y fango líquido se movían despacio en la corriente. Trocitos carbonizados de madera. Al final pararon y dieron media vuelta para acampar debajo del puente.

Él había llevado su cartera encima hasta que le hizo un agujero con forma de ángulo en el pantalón. Luego un día se sentó en el arcén y sacó la cartera y examinó lo que llevaba dentro. Un poco de dinero, tarjetas de crédito. Su permiso de conducir. Una foto de su mujer. Lo fue colocando todo sobre el asfalto. Como naipes de una partida. Arrojó a la espesura el pedazo de cuero negro de sudor y se quedó sentado con la fotografía en la mano. Luego la depositó también en la carretera y se puso de pie y reanudaron la marcha.

Por la mañana permaneció tumbado mirando los nidos de arcilla que unas golondrinas habían hecho en las esquinas debajo del puente. Miró al chico pero el chico se había dado la vuelta y estaba mirando hacia el río.

No podríamos haber hecho nada.

El chico no respondió.

Se va a morir. No podemos compartir lo que tenemos porque nos moriríamos también.

Ya lo sé.

¿Y cuándo piensas hablarme otra vez?

Ahora estoy hablando.

¿Seguro?

Sí.

Vale.

Vale.

Desde la orilla opuesta de un río lo llamaban a voces. Dioses zarrapastrosos encorvados en sus harapos al otro lado de la tierra baldía. Caminando por el lecho seco de un mar mineral agrietado y roto como un plato caído. Senderos de fuego feral en las coaguladas arenas. Las siluetas imprecisas en la lejanía. Despertó y se quedó tumbado en la oscuridad.

Los relojes se pararon a la 1.17. Un largo tijeretazo de claridad y luego una serie de pequeñas sacudidas. Se levantó y fue a la ventana. ¿Qué pasa?, dijo ella. Él no respondió. Entró en el cuarto de baño y pulsó el interruptor de la luz pero ya no había corriente. Un fulgor rosado en la luna de la ventana. Hincó una rodilla y levantó la palanca para tapar la bañera y luego abrió los dos grifos a tope. Ella estaba en el umbral en camisón, agarrada a la jamba, sosteniéndose la barriga con una mano. ¿Qué es?, dijo. ¿Qué pasa?

No lo sé.

¿Por qué te bañas?

Yo no me baño.

En aquellos primeros años había despertado una vez en mitad de un bosque pelado y se había quedado escuchando las bandadas de aves migratorias que pasaban en aquella penetrante oscuridad. Sus chirridos en sordina a varios kilómetros de altura, volando en círculo alrededor de la tierra con la insensatez de un tropel de insectos sobre el borde de un tazón. Les deseó una rápida travesía hasta que se perdieron de vista. No volvió a oírlas nunca más.

Tenía una baraja de cartas que encontró en el cajón de una cómoda en una casa y las cartas estaban gastadas y ahusadas y no había dos de tréboles pero aun así jugaban a veces a la luz de la lumbre envueltos en sus mantas. Intentaba recordar las reglas de juegos infantiles. Old Maid. Alguna versión del whist. Estaba seguro de que no lo hacían bien y se inventó nuevos juegos y les puso nombres inventados. Cañuela Atípica o Vomitona Gatuna. A veces el niño le hacía preguntas acerca del mundo que para él no era ni siquiera un recuerdo. Se esforzaba mucho para responder. No existe pasado. ¿A ti qué te gustaría? Pero dejó de inventarse cosas porque esas cosas tampoco eran verdad y decirlas le hacía sentir mal. El niño tenía sus propias fantasías. Cómo serían las cosas una vez en el sur. Otros niños. Él procuraba no dar rienda suelta a todo esto pero su corazón lo traicionaba. ¿De quién serían hijos esos niños?

Sin listas de cosas que hacer. El día providencia de sí mismo. La hora. No hay después. El después es esto. Todas las cosas bellas y armónicas que uno conserva en su corazón tienen una procedencia común en el dolor. El hecho de nacer en la aflicción y la ceniza. Bueno, susurró para el chico que dormía. Yo te tengo a ti.

Pensó en la foto de su mujer que había dejado en la carretera y que debería haber intentado conservarla de algún modo en sus vidas pero no sabía cómo. Se despertó tosiendo y se alejó unos pasos para no despertar al niño. Siguiendo a oscuras una pared de piedra, envuelto en la manta, de hinojos en las cenizas como un penitente. Tosió hasta que empezó a notar el sabor de la sangre y dijo el nombre de ella en voz alta. Pensó que quizá lo había pronunciado en sueños. Cuando volvió el chico estaba despierto. Perdona, dijo.

No pasa nada.

Duerme.

Ojalá estuviera con mamá.

Él no dijo nada. Se sentó junto al pequeño arropados en las colchas y las mantas. Al cabo de un rato dijo: Te refieres a que te gustaría estar muerto.

Sí.

No debes decir eso.

Pero lo digo.

No lo hagas. No es bueno decir esas cosas.

No puedo evitarlo.

Lo sé. Pero procura no hacerlo.

¿Y cómo?

No lo sé.

Somos supervivientes, le dijo desde el otro lado de la lámpara.

¿Supervivientes?, dijo ella.

Sí.

¿Se puede saber de qué demonios hablas? No somos supervivientes. Esto es una película de terror y nosotros somos muertos andantes.

Te lo suplico.

Me da igual. Me da igual si lloras. Para mí no significa nada.

Por favor.

Basta.

Te lo suplico. Haré cualquier cosa.

¿Como qué? Debería haberme decidido hace ya tiempo. Cuando quedaban tres balas en la pistola en lugar de dos. Fui una estúpida. Ya lo hemos hablado un montón de veces. No me he convencido yo sola de esto. Me han convencido a la fuerza. Y no puedo más. Incluso había pensado no decirte nada. Probablemente hubiera sido lo mejor. Tienes dos balas y luego ¿qué? No puedes protegernos. Dices que darías la vida por nosotros pero ¿de qué sirve eso? Si no fuera por ti me lo llevaría conmigo. Sabes que lo haría. Es lo más adecuado.

Estás desvariando.

No, estoy diciendo verdades. Tarde o temprano nos cazarán y nos matarán. A mí me violarán. A él también. Nos van a violar y después de matarnos nos devorarán pero tú no quieres reconocerlo. Tú prefieres esperar a que eso pase. Pues yo no. No puedo. Se quedó allí sentada fumando un tallo enclenque de parra seca como si fuera una especie de extraño cigarro puro. Sosteniéndolo con cierta elegancia, la otra mano sobre sus rodillas recogidas. Ella le miró del otro lado de la pequeña llama. Antes hablábamos de la muerte, dijo. Ya no. ¿Y sabes por qué?

No. No lo sé.

Porque la muerte está aquí. No hay otra cosa de que hablar.

Yo no te abandonaría.

Da igual. Eso no significa nada. Puedes considerarme una pérfida zorra si así lo quieres. Me he echado un nuevo amante. Él puede darme lo que tú no.

La muerte no es ningún amante.

Por supuesto que sí.

Por favor no me hagas esto.

Lo siento.

Yo solo no seré capaz.

Pues no lo hagas. Yo no puedo ayudarte. Dicen que las mujeres sueñan con el peligro que acecha a sus seres queridos y que los hombres sueñan con el peligro que corren ellos mismos. Pero yo no sueño nada. ¿Dices que no eres capaz? Entonces no lo hagas. Así de sencillo. Porque yo ya estoy harta de mi prostituido corazón y lo estoy desde hace tiempo. Hablas de tomar una actitud pero no hay ninguna actitud que tomar. El corazón me lo arrancaron la noche en que él nació, así que ahora no pidas que me dé pena. No hay pena que valga. Es posible que lo consigas. Lo dudo, pero quién sabe. Lo único que puedo decirte es que tú solo no sobrevivirás. Lo sé porque yo nunca habría llegado hasta tan lejos. Una persona que no tuviera a nadie haría bien en apañarse un fantasma más o menos pasable. Insuflarle vida y mimarlo con palabras de amor. Ofrecerle migas de fantasma y protegerlo con su propio cuerpo. Por lo que a mí respecta mi única esperanza es la nada eterna y la deseo con toda mi alma.

Él no dijo nada.

No tienes argumentos porque no los hay.

¿Te despedirás de él?

No.

Espera al menos hasta mañana. Por favor.

Tengo que irme.

Ella se había puesto ya de pie.

Por el amor de Dios. ¿Qué voy a decirle?

No puedo ayudarte.

¿Adónde vas a ir? Si ni siquiera ves.

No me hace falta.

Él se puso de pie. Te lo suplico, dijo.

No. No me despediré. No puedo.

Ella se marchó y la frialdad de la partida fue su regalo final. Lo haría con una hojuela de obsidiana. Él mismo le había enseñado cómo. Más afilada que el acero. El borde de un grosor de átomo. Y ella llevaba razón. No había argumentos. Innumerables noches pasadas en vela debatiendo los pros y los contras de la autodestrucción con la seriedad de unos filósofos encandenados al muro de un manicomio. Por la mañana el chico no dijo nada de nada y cuando tuvieron el equipaje hecho y estuvieron listos para echarse a la carretera se volvió y miró hacia donde habían acampado la víspera y dijo: Se ha marchado, ¿verdad? Y él dijo: Sí.

Siempre tan prudente, raramente sorprendida ni por los más descabellados advenimientos. Una creación perfectamente evolucionada para hacer frente a su propio fin. Se sentaron junto a la ventana y cenaron en bata a medianoche a la luz de las velas y vieron arder ciudades a lo lejos. Varias noches después ella paría en la cama de matrimonio a la luz de una lámpara de pila seca. Guantes para fregar los platos. La inverosímil aparición de una pequeña coronilla. Sucio de sangre y con el pelo negro y pegajoso. El maloliente meconio. Los gritos de ella no le afectaron nada. Del otro lado de la ventana solo el frío más intenso cada vez, incendios en el horizonte. Sostuvo en alto el canijo cuerpo colorado tan crudo y desnudo y cortó el cordón umbilical con unas tijeras de cocina y envolvió a su hijo en una toalla.

¿Tú tenías amigos?
Sí.
¿Muchos?
Sí. Muchos.
¿Te acuerdas de ellos?
Sí, me acuerdo.
¿Qué les pasó?
Murieron.
¿Todos?
Sí. Todos.
¿Los echas de menos?
Sí.
¿Adónde vamos?
Vamos hacia el sur.
Vale.

Estuvieron todo el día en la larga carretera negra, parando por la tarde para comer frugalmente de sus magras provisiones. El chico sacó su camión de la mochila y trazó carreteras en la ceniza con un palo. El camión avanzaba despacio. El chico hacía ruidos de camión. Casi se podía decir que hacía calor y durmieron sobre la hojarasca con las mochilas por almohada.

Algo lo despertó. Se puso de costado y aguzó el oído. Se incorporó lentamente, la pistola a punto. Miró al chico que dormía y cuando miró otra vez hacia la carretera el primero de ellos estaba ya al alcance de la vista. Dios, susurró. Alargó la mano y sacudió al chico sin dejar de vigilar la carretera. Venían andando trabajosamente por la ceniza balanceando sus encapuchadas cabezas a un lado y a otro. Varios de ellos con máscaras antigás. Uno llevaba un traje especial contra peligro biológico. Sucios y mugrientos. Avanzando despacio con porras en la mano, trozos de tubería. Tosiendo. Entonces le pareció oír un camión diésel en la carretera, detrás del grupo. Rápido, susurró. Deprisa. Se metió la pistola por el cinturón y agarró al chico de la mano y arrastró el carrito entre los árboles y lo volcó donde no fuera tan fácil de ver. El chico estaba paralizado de miedo. Lo atrajo hacia él. Tranquilo, dijo. Tenemos que escapar. No mires atrás. Vamos.

Se cargó las dos mochilas y echaron a correr entre los quebradizos helechos. El chico estaba aterrorizado. Corre, susurró. Corre. Miró hacia atrás. El camión ya estaba a la vista. Hombres de pie en la plataforma mirando al frente. El chico cayó y él lo ayudó a levantarse. Tranquilo, dijo. Vamos.

Vio un espacio entre los árboles que le pareció podía ser una zanja o un desmonte y salieron de la maleza a una vieja calzada. Placas de macadán agrietado asomando entre los montones de ceniza. Hizo que el chico se agachara y permanecieron a la escucha bajo el terraplén, recobrando el aliento. Podían oír el motor diésel allá en la carretera, alimentado con sabe Dios qué combustible. Cuando se incorporó para mirar solo pudo ver la parte superior del camión avanzando por la carretera. Hombres de pie en la caja con teleros, algunos empuñando rifles. El camión pasó de largo y volutas de humo negro penetraron en el bosque. El motor empezó a fallar y a remolonear. Finalmente enmudeció.

Volvió a agacharse y se puso la mano encima de la cabeza. Dios, dijo. Oyeron aquella cosa traquetear y petardear hasta detenerse. Luego solo silencio. Tenía la pistola en la mano, ni siquiera recordaba habérsela sacado del cinturón. Pudieron oír hablar a los hombres. Los oyeron abrir y levantar el capó. Permaneció sentado rodeando al chico con el brazo. Chsss..., dijo. Chsss... Al cabo de un rato oyeron que el camión empezaba a rodar. Con ruido sordo y crujiendo como un barco. Probablemente no tenían otra manera de ponerlo en marcha salvo empujar y en esa cuesta no podían imprimirle la velocidad suficiente para que arrancara. Unos minutos después el motor tosió e hipó y volvió a pararse. Estiró la cabeza para mirar y allí estaba uno de ellos, acercándose por la maleza a unos seis metros mientras se desabrochaba el cinturón. Se quedaron los dos inmóviles.

Amartilló la pistola y apuntó al hombre y el hombre se quedó allí de pie con una mano al costado, su sucia y arrugada mascarilla pintada inflándose y desinflándose.

Continúa andando.

Miró hacia la carretera.

No te vuelvas. Mírame a mí. Si los llamas eres hombre muerto.

El hombre avanzó, sujetándose el cinturón con una mano. Los agujeros daban fe de su progresiva demacración y en la parte donde solía asentar la hoja de su cuchillo el cuero parecía lacado. Bajó al desmonte y miró el arma y luego miró al chico. Los ojos engolletados de mugre y profundamente hundidos. Como un animal metido en una calavera mirando por los agujeros de los ojos. Llevaba una barba cortada recta a tijera por abajo y un tatuaje en el cuello, un pájaro hecho por alguien con una idea errónea de su apariencia. Era enjuto, nervudo, raquítico. Vestido con un mugriento mono azul y una gorra de pico negra con el logotipo de una empresa desaparecida en la parte delantera.

¿Adónde vais?

Yo iba a cagar.

Adónde vais con el camión.

No lo sé.

¿Cómo que no lo sabes? Quítate la mascarilla.

Se quitó la mascarilla por encima de la cabeza y se quedó con ella en la mano.

En serio que no lo sé, dijo.

¿No sabes adónde vais?

No.

¿Qué combustible lleva el camión?

Diésel.

Cuánto tenéis.

En la plataforma hay tres bidones de doscientos litros.

¿Tenéis munición para esas armas?

El hombre volvió la vista hacia la carretera.

Te he dicho que no miraras.

Sí... Tenemos municiones.

¿De dónde las habéis sacado?

De por ahí.

Mientes. Qué coméis.

Lo que encontramos.

Lo que encontráis.

Sí. Miró al chico. No me dispararás, dijo.

Eso es lo que tú te crees.

Solo te quedan dos balas. Quizá solo una. Y ellos oirán el disparo.

Ellos sí. Tú no.

¿Y eso?

La bala corre más que el sonido. La tendrás metida en el cerebro antes de que puedas oírla. Para oírla necesitarías un lóbulo frontal y cosas con nombres como colículo y gyrus temporal pero de eso ya no tendrás. Se habrá convertido en puré.

¿Eres médico?

No soy nada.

Tenemos a un hombre herido. Le convendría que le echaras una mirada.

¿Te parece que tengo cara de imbécil o qué?

No sé de qué tienes cara.

¿Por qué le estás mirando?

Puedo mirar lo que me pase por las narices.

Te equivocas. Si vuelves a mirarle, disparo.

El chico estaba sentado con ambas manos en lo alto de la cabeza y atisbando entre los antebrazos.

Apuesto a que el chico está muerto de hambre. ¿Por qué no venís los dos al camión? A tomar un bocado. No hay necesidad de ser tan duro de pelar.

Vosotros no tenéis nada de comer. Vámonos.

¿Adónde?

Vamos.

Yo no voy a ninguna parte.

Ah, ¿no?

Pues no.

Crees que no te mataré pero estás en un error. Pero lo que haría es llevarte un par de kilómetros por esta carretera y después soltarte. Es toda la ventaja que necesito. No nos encontrarás. Ni siquiera sabrás qué dirección hemos tomado.

¿Sabes lo que pienso?

Qué piensas.

Que estás cagado de miedo.

Soltó el cinturón y este cayó a la calzada con todo lo que llevaba colgando. Una cantimplora. Un viejo zurrón militar. Una funda de cuero para un cuchillo. Cuando levantó la vista el forajido tenía el cuchillo en la mano. Solo había dado dos pasos pero estaba casi entre él y el niño.

¿Qué crees que vas a hacer con eso?

No respondió. Era corpulento pero muy rápido. Se abalanzó sobre el chico y rodó por el suelo y se levantó sujetándolo contra el pecho y con el cuchillo a ras de garganta. El hombre se había echado ya al suelo y se movió a la vez que él y alzó la pistola e hizo fuego sosteniendo el arma con ambas manos y los codos en las rodillas a menos de dos metros de distancia. El hombre cayó instantáneamente hacia atrás y quedó tendido con la sangre manando a borbotones del agujero en la frente. El chico yacía en el regazo del muerto sin la menor expresión en su rostro. Se metió la pistola por el cinturón y se echó la mochila al hombro y levantó al chico del suelo y se lo pasó por encima de la cabeza y con el chico subido a sus hombros echó a correr por la vieja carretera, sujetándolo de las rodillas y el chico agarrado a su frente, cubierto de sangre y mudo como una piedra.

Llegaron a un viejo puente de hierro por donde en tiempos la desaparecida carretera atravesaba un casi desaparecido arroyo. Estaba empezando a toser y apenas si le quedaba resuello con que hacerlo. Saltó de la calzada y se adentró en el bosque. Luego dio media vuelta y se quedó allí jadeante, intentando escuchar. No oyó nada. Cubrió tambaleándose otros quinientos metros y finalmente se dejó caer de rodillas y depositó al chico en las hojas tapizadas de ceniza. Limpió su cara de sangre y lo abrazó. Tranquilo, dijo. Ya pasó.

En el largo y frío crepúsculo con la oscuridad cerniéndose sobre ellos los oyó una sola vez. Abrazó al chico. Tenía la tos metida en la garganta y no se le iba. El chico tan frágil y delgado, temblando como un perro bajo la chaqueta. Los pasos en la hojarasca se detuvieron. Luego continuaron. No hablaban ni se llamaban los unos a los otros, más siniestro por ello todavía. Con la noche ya cerrada el frío metálico se impuso y ahora el chico temblaba violentamente. No salió luna más allá de las tinieblas y no había adónde ir. Tenían una única manta en la mochila y la sacó para tapar al chico y se bajó la cremallera de la parka y lo estrechó contra su pecho. Yacieron allí largo rato pero estaban helados y al final él se incorporó. Tenemos que seguir, dijo. No podemos quedarnos aquí. Miró en derredor pero no había nada que ver. Hablaba en una negrura sin profundidad ni dimensiones.

Llevó al chico cogido de la mano mientras cruzaban el bosque dando tumbos. La otra mano la llevaba tendida al frente. No habría visto menos con los ojos cerrados. El chico iba envuelto en la manta y él le dijo que si se le caía ya no la iban a encontrar. Quería que lo llevara en brazos pero el hombre le dijo que no podían detenerse. Toda la noche a trompicones por el bosque y poco antes del alba el chico se cayó y ya no pudo levantarse. Lo arropó con su propia parka y lo envolvió en la manta y se sentó abrazado a él, meciéndose adelante y atrás. En el revólver un solo cartucho. No afrontarás la verdad. Eres incapaz.

A la luz mezquina que pasaba por día puso al chico en la hojarasca y se quedó sentado mirando el bosque. Cuando hubo un poco más de claridad se levantó y caminó abriendo un perímetro en torno a su primitivo campamento en busca de señales pero aparte de sus propias huellas apenas dibujadas en la ceniza no vio nada. Volvió e incorporó al chico. Tenemos que irnos, dijo. El chico se quedó allí sentado, hecho un guiñapo, su rostro desprovisto de expresión. La suciedad seca en su pelo y la cara con churretes de lo mismo. Háblame, le dijo, pero el chico no le habló.

Fueron hacia el este entre los árboles muertos todavía en pie. Pasaron frente a una vieja casa de madera y cruzaron una pista de tierra. Una parcela desbrozada que en otro tiempo quizá había sido una huerta. Parándose de vez en cuando para escuchar. El sol escondido no proyectaba sombras. Se toparon inesperadamente con la carretera y con una mano hizo parar al chico y se acurrucaron en la cuneta como leprosos. Escucharon. Ni un soplo de viento. Silencio absoluto. Al cabo de un rato se levantó y salió a la calzada. Miró al chico. Vamos, dijo. El chico se acercó y el hombre señaló con el dedo las huellas que el camión había dejado en la ceniza al alejarse. El chico se quedó de pie envuelto en la manta mirando la carretera.

No tenía manera de saber si habían conseguido poner en marcha el camión. Ni tampoco cuánto tiempo estarían dispuestos a permanecer emboscados. Se bajó la mochila del hombro y se sentó y la abrió. Necesitamos comer, dijo. ¿Tienes hambre?

El chico negó con la cabeza.

No. Claro. Sacó la botella de plástico de agua y desenroscó el tapón y se la tendió al chico y este bebió un poco. Bajó la botella para respirar y se sentó en la carretera con las piernas cruzadas y bebió otra vez. Luego le devolvió la botella y el hombre bebió también y enroscó el tapón y hurgó en la mochila. Comieron una lata de alubias, pasándosela el uno al otro, y el hombre arrojó la lata vacía al bosque. Luego se pusieron de nuevo en marcha por la carretera.

Los del camión habían acampado en la carretera misma. Habían encendido fuego y unos zoquetes carbonizados de leña habían quedado pegados al alquitrán junto con huesos y ceniza. Se agachó y extendió la mano sobre el alquitrán derretido. Despedía calorcillo. Se incorporó y miró carretera abajo. Luego se llevó al chico hacia el bosque. Quiero que esperes aquí, dijo. No estaré lejos. Podré oírte si me llamas.

Llévame contigo, dijo el chico. Parecía a punto de echarse a llorar.

No. Quiero que esperes aquí.
Por favor, papá.
Basta. Haz lo que te digo. Coge la pistola.
Yo no quiero la pistola.
No te he preguntado si la querías. Cógela.

Caminó por el bosque hasta el lugar donde habían dejado el carrito. Seguía allí pero estaba saqueado. Las pocas cosas que quedaban yacían esparcidas por la hojarasca. Algunos libros y juguetes del chico. Sus zapatos viejos y algunos harapos. Puso el carrito derecho y metió dentro las cosas del chico y lo empujó hasta la carretera. Luego volvió atrás. Allí no había nada. Sangre seca oscura en la hojarasca. La mochila del chico había desaparecido. De regreso encontró los huesos y la piel todo en una pila con piedras encima. Un charco de vísceras. Empujó los huesos con la puntera del zapato. Parecía que los hubieran hervido. Ni rastro de ropa. Anochecía de nuevo y hacía ya mucho frío. Dio media vuelta y fue hasta adonde había dejado al chico esperando y se arrodilló y lo rodeó con sus brazos.

Empujaron el carrito por el bosque hasta la carretera vieja y lo dejaron allí y se dirigieron al sur por la calzada huyendo de la oscuridad. El chico iba dando tumbos de tan cansado como estaba y el hombre lo agarró y se lo subió a los hombros y siguieron adelante. Para cuando llegaron al puente apenas había ya luz. Se bajó al chico y descendieron a tientas por el terraplén. Una vez debajo del puente sacó su mechero y lo encendió y paseó la trémula llama por encima del suelo. Arena y grava escupidas por el arroyo. Dejó la mochila en tierra y apagó el encendedor y agarró al chico por los hombros. Apenas si le veía con tanta oscuridad. Quiero que esperes aquí, dijo. Voy a buscar leña. Es preciso encender fuego.
Tengo miedo.

Lo sé. No me alejaré mucho y podré oírte, de modo que si te entra miedo me llamas y yo vendré enseguida.

Estoy muy asustado.

Cuanto antes me vaya antes volveré y así encenderemos fuego y ya no tendrás que temer por nada. No te tumbes. Si te tumbas te quedarás dormido y si yo llamo no me contestarás y no podré encontrarte. ¿Has entendido?

El chico no respondió. Él estaba ya a punto de enfadarse cuando se dio cuenta de que el chico sacudía la cabeza en la oscuridad. Bueno, dijo. Bueno.

Subió por el terraplén y se metió en el bosque llevando ambas manos al frente. Había leña por todas partes, ramas y tronquitos secos esparcidos por el suelo. Fue haciendo un montón con el pie y cuando le pareció suficiente se agachó y recogió las ramas y llamó al chico y el chico le contestó y le guió con su voz hasta el puente. Se sentaron a oscuras mientras él mondaba ramas grandes con la navaja y partía las pequeñas a mano. Se sacó el encendedor del bolsillo y accionó la rueda con el pulgar. Era un encendedor de gasolina y la gasolina produjo una frágil llama azul y una vez prendida la leña vio crecer el fuego entre el trenzado. Apiló más leña y se inclinó para soplar en la base de la pequeña hoguera y acomodó la leña con sus manos, dando así forma al fuego.

Hizo otros dos viajes al bosque, arrastrando broza y ramas hasta el puente y tirándolas desde allí abajo. Veía el resplandor de la lumbre desde cierta distancia pero no creyó que desde la otra carretera pudiera verse. Bajo el puente vislumbró una oscura poza de agua estancada entre las rocas. Un borde de hielo en pendiente. Tiró la última pila de leña desde el puente y su aliento se volvió blanco en el resplandor de la lumbre.

Se sentó en la arena e hizo inventario de lo que había en la mochila. Los prismáticos. Una botella de cuarto de gasolina, casi llena. La botella de agua. Unos alicates. Dos cucharas. Lo colocó todo en fila. Había cinco latas pequeñas de comida y eligió una de salchichas y otra de maíz y las abrió con el pequeño abrelatas del ejército y las colocó al borde del fuego y se quedaron mirando cómo las etiquetas se enroscaban e iban chamuscándose. Cuando el maíz empezó a echar humo sacó las latas del fuego con los alicates y se pusieron a comer despacio doblados sobre las latas con sus cucharas. El chico cabeceaba de sueño.

Cuando hubieron comido llevó al chico al guijarral de debajo del puente y apartó el hielo delgado de la orilla con un palo y se pusieron de rodillas y le lavó al chico la cara y el pelo. El agua estaba tan fría que el chico lloró. Bajaron por el guijarral en busca de agua dulce y le lavó el pelo otra vez lo mejor que pudo pero tuvo que dejarlo porque el chico estaba gimiendo de frío. Lo secó con la manta, arrodillado al resplandor de la luz con la sombra del armazón inferior del puente quebrada sobre el palenque de troncos de árbol que había más allá del arroyo. Este es mi niño, dijo. Le limpio el pelo de sesos de un muerto. Es mi trabajo. Luego lo envolvió en la manta y lo llevó junto al fuego.

El chico se tambaleaba sentado. El hombre vigiló que no se venciera hacia las llamas. Hizo unos hoyos en la arena para acomodar las caderas y los hombros del chico cuando se acostara y se sentó abrazándolo mientras le alborotaba el pelo delante de la lumbre para secárselo. Todo ello como en un antiguo ungimiento. Que así sea. Evoca las formas. Cuando no tengas nada más inventa ceremonias e infúndeles vida.

El frío lo despertó por la noche y se levantó y partió más leña para la lumbre. Las pequeñas ramas ardiendo de un naranja incandescente en las brasas. Sopló para avivar el fuego y apiló la leña y se sentó con las piernas cruzadas, apoyado en el pilar del puente. Gruesos bloques de piedra caliza colocados sin mortero. En lo alto la carpintería de hierro teñida de marrón por la herrumbre, los remaches, las vigas y las traviesas de madera. La arena sobre la que se había sentado estaba tibia al tacto pero la noche más allá del fuego era cortante de puro frío. Se levantó y arrastró más leña debajo del puente. Se quedó escuchando. El chico no cambió de postura. Se sentó a su lado y acarició sus pálidos cabellos enmarañados. Cáliz de oro, bueno para albergar a un dios. No me digas cómo acaba la historia, por favor. Cuando dirigió la vista más allá del puente hacia lo oscuro estaba nevando.

Toda la leña que tenían para quemar era pequeña y el fuego no aguantó más de una hora o tal vez un poco más. Arrastró lo que quedaba de broza hasta debajo del puente y la partió, poniéndose de pie en las ramas y rompiéndolas a trozos. Pensó que el ruido despertaría al chico pero no fue así. La leña húmeda siseaba en las llamas, la nieve continuaba cayendo. Por la mañana verían si había o no huellas en la carretera. Ese era el primer ser humano aparte del chico con quien había hablado en más de un año. Mi hermano a fin de cuentas. Las especulaciones de reptil en sus ojos fríos y movedizos. Los dientes grises y podridos. Mazacote de carne humana. Que ha hecho con cada palabra del mundo una mentira. Cuando volvió a despertar ya no nevaba y el granulado amanecer estaba moldeando el bosque desnudo más allá del puente, los árboles negros contra el fondo de nieve. Estaba acurrucado con las manos entre las rodillas y se incorporó y encendió el fuego y puso una lata de remolacha sobre los rescoldos. El chico permaneció acurrucado en el suelo observándolo.

Había una ligera capa de nieve por todo el bosque, sobre las ramas y ahuecada en las hojas, todo ello gris ya por la ceniza. Anduvieron hasta donde habían dejado el carrito y él metió dentro la mochila y lo empujó hasta la carretera. No había huellas. Se quedaron escuchando en medio del silencio total. Luego echaron a andar por la nieve gris a medio derretir de la carretera, el chico a su lado con las manos metidas en los bolsillos.

Caminaron penosamente durante el día, el chico en silencio. A media tarde la nieve se había derretido del todo y al anochecer ya estaba seco. No se detuvieron. ¿Cuántos kilómetros? Quince, veinte. Antes jugaban al tejo en la carretera con cuatro arandelas metálicas grandes que habían encontrado en una ferretería, pero habían desaparecido con todo lo demás. Aquella noche acamparon en una quebrada e hicieron fuego junto a un pequeño risco y comieron la última lata de comida que les quedaba. Él la había guardado porque era la favorita del chico, alubias con tocino. La vieron burbujear sobre las brasas y él recuperó la lata con los alicates y comieron en silencio. Enjuagó con agua la lata ya vacía y se la dio a beber al chico y eso fue todo. Debería haber tenido más cuidado, dijo.

El chico guardó silencio.

Tienes que hablarme.

Vale.

Querías saber qué pinta tenían los malos. Pues ya lo sabes. Podría ocurrir otra vez. Mi deber es cuidar de ti. Dios me asignó esa tarea. Mataré a cualquiera que te ponga la mano encima. ¿Lo entiendes?

Sí.

Se quedó allí sentado con la manta por capucha. Al cabo de un rato levantó la vista. ¿Todavía somos los buenos?, dijo.

Sí. Todavía somos los buenos.

Y lo seremos siempre.
Sí. Siempre.
Vale.

Al día siguiente salieron de la quebrada y tomaron de nuevo la carretera. Le había hecho una flauta al chico con un trozo de caña de la cuneta y se la sacó de la parka para dársela. El chico la cogió sin decir palabra. Al cabo de un rato se quedó un poco rezagado y minutos después el hombre oyó que tocaba. Una música amorfa para la próxima era. O quizá la última música en la Tierra, surgida de las cenizas de su devastación. El hombre se volvió y le miró. Estaba sumamente concentrado. El hombre pensó que parecía un triste y solitario niño huérfano anunciando la llegada al condado de un espectáculo ambulante, un niño que no sabe que a su espalda los actores han sido devorados por lobos.

Se sentó cruzado de piernas en la hojarasca en la cumbre de un cerro y exploró el valle con los prismáticos. La forma todavía moldeada de un río. Chimeneas de ladrillo oscuro de una fábrica. Tejados de pizarra. Una vieja arca de agua hecha de tablones sujetos con cinchos. Ni humo ni señales de vida. Bajó los gemelos y se quedó sentado mirando.

¿Qué se ve?, dijo el chico.

Nada.

Le pasó los gemelos. El chico se colgó la correa del cuello y se llevó los prismáticos a los ojos y ajustó el enfoque. Todo tan quieto en todas partes.

Veo humo, dijo.

Dónde.

Detrás de aquellos edificios.

¿Qué edificios?

El chico le pasó los prismáticos y el hombre reajustó el enfoque. Una espiral a duras penas visible. Sí, dijo. Veo el humo.

¿Qué debemos hacer, papá?

Creo que deberíamos ir a echar un vistazo. Pero tendremos cuidado. Si es una comuna tendrán barricadas, pero tal vez solo sean refugiados.

Como nosotros.

Sí. Como nosotros.

¿Y si resultan que son los malos?

Habrá que arriesgarse. Hay que encontrar algo para comer.

Dejaron el carrito en el bosque y cruzaron una vía de tren y descendieron por un empinado terraplén entre hiedra negra. Él llevaba la pistola en la mano. No te apartes de mí, dijo. El chico obedeció. Batieron las calles como zapadores. De manzana en manzana. En el aire un ligero olor a humo de leña. Esperaron en un comercio y vigilaron la calle pero no vieron moverse nada. Pasaron entre la basura y los escombros. Cajones tirados al suelo, papeles y cajas de cartón hinchadas. No encontraron nada. Todas las tiendas fueron desvalijadas años atrás, casi no quedaba cristal en las ventanas. Dentro tan oscuro que casi no se veía nada. Subieron los peldaños estriados de una escalera mecánica, el chico cogido de su mano. Unos cuantos trajes polvorientos colgando de un perchero. Buscaban zapatos pero no vieron un solo par. Revolvieron entre la basura pero allí no había nada que les sirviera. De regreso el hombre arrancó las americanas de sus colgadores y las sacudió y se las cargó dobladas en un brazo. Vamos, dijo.

Pensó que en algo no se habrían fijado pero no era así. Apartaron desperdicios a puntapiés en los pasillos de un supermercado. Envoltorios y papeles viejos y la sempiterna ceniza. Registró los estantes en busca de vitaminas. Abrió la puerta de un congelador empotrado pero el hedor acre de los muertos irrumpió de la oscuridad y le hizo cerrar enseguida. Salieron a la calle. Él levantó la vista hacia el cielo gris. El aliento les humeaba. El chico estaba rendido. Lo cogió de la mano. Hemos de seguir mirando, dijo. Hemos de mirar un poco más.

No ofrecían mucho más las casas de las afueras del pueblo. Entraron en una por la parte de atrás y empezaron a buscar en los armarios de la cocina. Las puertas de los armarios todas abiertas. Una lata de levadura en polvo. Se la quedó mirando. En el comedor registraron los cajones de un alacena. Entraron a la sala de estar. Trozos del empapelado de las paredes como pergaminos antiguos en el suelo. Dejó al chico sentado en la escalera con los trajes mientras él subía.

Todo olía a húmedo y a podrido. En el primer dormitorio un cadáver reseco con la colcha subida hasta el cuello. Vestigios de pelo putrefacto en la almohada. Agarró la manta por la punta inferior y la retiró de la cama y la sacudió y se la puso doblada bajo el brazo. Miró en las cómodas y los armarios. Un vestido fino en una percha de alambre. Nada. Volvió a bajar. Estaba anocheciendo. Cogió al chico de la mano y salieron a la calle por la puerta principal.

Una vez en lo alto de la colina estudió el pueblo. La noche cayendo a marchas forzadas. Oscuridad y frío. Puso dos americanas sobre los hombros del chico, envolviéndolo con parka y todo.

Me muero de hambre, papá.

Ya lo sé.

¿Podremos encontrar nuestras cosas?

Sí. Sé dónde están.

¿Y si alguien las ve?

Nadie las va a ver.

Ojalá.

Descuida. Vamos.

¿Qué ha sido eso?

Yo no he oído nada.

Escucha.

No oigo nada.

Escucharon de nuevo. Finalmente oyó ladrar un perro en la lejanía. Se volvió y miró hacia el pueblo calado en la oscuridad. Es un perro, dijo.

¿Un perro?

Sí.

¿De dónde ha salido?

No lo sé.

No vamos a matarlo, ¿verdad, papá?

No. No vamos a matarlo.

Miró al chico, que tiritaba bajo las prendas. Se inclinó y le dio un beso en su frente mugrienta. No le haremos daño al perro, dijo. Te lo prometo.

Durmieron dentro de un coche bajo un paso elevado tapados con las americanas y la manta. En medio de la oscuridad y el silencio vio lucecitas que aparecían al azar en el retículo de la noche. Las plantas superiores de los edificios estaban a oscuras. Tendrías que subir agua. Podrías ponerte al descubierto. ¿Qué comían? Sabe Dios. Se sentaron envueltos en las americanas mirando por la ventanilla. ¿Quiénes son, papá?

No lo sé.

Despertó por la noche y se quedó a la escucha. No conseguía recordar dónde estaba. La idea le hizo sonreír. ¿Dónde estamos?, dijo.

¿Qué pasa, papá?

Nada. Estamos a salvo. Duerme.

Todo va a ir bien, ¿verdad, papá?

Sí. Todo irá bien.

Y no nos va a pasar nada malo.

Desde luego que no.

Porque nosotros llevamos el fuego.

Así es. Porque llevamos el fuego.

Por la mañana caía una lluvia fría. Las ráfagas alcanzaban el coche incluso debajo del paso elevado y se veía bailotear la lluvia en la carretera. Se quedaron sentados mirando a través del agua por el parabrisas. Cuando por fin amainó había transcurrido ya la mayor parte del día. Dejaron las americanas y la manta en el suelo del asiento de atrás y tomaron la carretera para ir a registrar más casas. Humo de leña en el aire húmedo. Ya no volvieron a oír ladridos.

Encontraron algunos utensilios y varias prendas de ropa. Una sudadera. Un plástico que podían utilizar como toldo. Él tenía la certeza de que los estaban observando pero no vio a nadie. En una despensa hallaron parte de un saco de harina de maíz que las ratas habían visitado hacía mucho tiempo. Tamizó la avena con un trozo de mosquitera rota y reunió un puñado de excrementos secos y encendieron fuego en el porche de cemento de la casa e hicieron tortas con el maíz y las tostaron sobre un pedazo de hojalata. Luego las fueron comiendo despacio una a una. Envolvió las que quedaron en un pedazo de papel y las metió en la mochila.

El chico estaba sentado en los escalones cuando vio moverse algo en la parte de atrás de la casa de enfrente. Una cara le estaba mirando. Un niño más o menos de su edad, envuelto en un chaquetón de lana varias tallas grande y con las mangas recogidas. Se puso de pie. Cruzó corriendo la calzada y se metió en el camino particular. Allí no había nadie. Miró hacia la casa y luego cruzó el jardín entre maleza seca hasta un arroyo todavía negro. Vuelve, dijo en voz alta. No te haré daño. Estaba allí de pie llorando cuando su padre llegó a la carrera y lo agarró del brazo.

¿Qué haces?, le dijo entre dientes. ¿Qué haces?

Hay un niño, papá. Hay un niño.

No hay ningún niño. ¿Se puede saber qué haces?

Sí que lo hay. Yo le he visto.

Te dije que no te movieras. ¿No es cierto? Ahora tenemos que marcharnos. Vamos.

Solo quería verle, papá. Solo quería verle.

El hombre lo cogió por el brazo y regresaron por el jardín. El chico no paraba de llorar y no paraba de mirar atrás. Vamos, dijo el hombre. Tenemos que irnos.

Quiero verle, papá.

No hay nada que ver aquí. ¿Es que quieres morir? ¿Es eso lo que quieres?

Me da lo mismo, dijo el chico, sollozando. Me da lo mismo.

El hombre se detuvo. Se detuvo y se puso en cuclillas y lo abrazó. Lo siento, dijo. No digas eso. No debes decir esas cosas.

Desanduvieron el camino por las calles mojadas hasta el viaducto y recogieron las americanas y la manta del coche y siguieron hasta el terraplén. Subieron por él y cruzaron la vía en dirección al bosque y cogieron el carrito y se dirigieron a la carretera principal.

¿Y si ese niño no tiene a nadie que cuide de él?, dijo. ¿Y si no tiene papá?

Allí hay gente. Estaban escondidos.

Empujó el carrito hasta la carretera y se quedó allí de pie. Pudo ver las huellas del camión en la ceniza húmeda, débiles y medio borradas, pero allí estaban. Le pareció que podía olerlos. El chico le estaba tirando de la chaqueta. Papá, dijo.

¿Qué?

Tengo miedo por ese niño.

Lo sé, pero no le pasará nada.

Deberíamos ir a buscarlo, papá. Podríamos llevarlo con nosotros. Podríamos ir a buscarlo y llevarnos también el perro. El perro podría encontrar algo de comida.

No puede ser.

Y yo le daría al niño la mitad de mi comida.

Basta. No puede ser.

Estaba llorando otra vez. ¿Qué le pasará al niño?, sollozó. ¿Qué le pasará al niño?

Al atardecer se sentaron en el cruce y él extendió los pedazos del mapa sobre la calzada y los examinó. Señaló con el dedo. Nosotros estamos aquí, dijo. El chico no quiso mirar. Se quedó estudiando la matriz de rutas en rojo y negro con el dedo puesto en el cruce de caminos donde le parecía que se encontraban ahora. Como si los hubiera visto a ellos dos pequeñitos y agachados allí. Podríamos volver, dijo el chico en voz baja. No está tan lejos. No es demasiado tarde.

Acamparon en un coto forestal no lejos de la carretera. No les fue posible encontrar un sitio abrigado donde encender fuego sin que nadie lo viera y no lo encendieron. Comieron cada cual dos de aquellas tortas de maíz y durmieron juntos acurrucados en el suelo bajo las americanas y las mantas. Él abrazó al niño y al cabo de un rato el niño dejó de tiritar y al rato se quedó dormido.

El perro que él recuerda nos siguió a distancia durante dos días. Traté de engatusarlo para que viniera pero el perro no quiso. Hice un lazo con alambre para atraparlo. Había tres cartuchos en la pistola. Ninguno de sobra. El perro, una hembra, se alejó por la carretera. El chico se lo quedó mirando y luego me miró a mí y después al perro y se echó a llorar suplicando por la vida del animal y yo le prometí que no le haría ningún daño. Un perro flaco como una espaldera con pellejo encima. Al día siguiente se había ido. Ese es el perro que él recuerda. No se acuerda de ningún niño pequeño.

Se había guardado en el bolsillo un puñado de pasas envueltas en un paño y a mediodía se sentaron en la hierba seca junto a la carretera y se las comieron. El chico le miró. No hay nada más, ¿verdad?, dijo.

No. Nada más.

¿Ahora nos moriremos?

No.

¿Qué vamos a hacer?

Primero beberemos un poco de agua. Luego seguiremos andando por la carretera.

Vale.

Al atardecer atravesaron un campo tratando de encontrar un sitio seguro donde encender fuego. Tirando del carrito por el terreno. Una región tan poco prometedora. Mañana encontrarían algo que llevarse a la boca. La noche los sorprendió en una carretera embarrada. Se adentraron en un campo y avanzaron despacio hacia un grupo de árboles que se veían pelados y negros en la lejanía contra el poco mundo visible que quedaba. Para cuando llegaron ya era noche cerrada. Cogió al niño de la mano y amontonó con el pie ramas y maleza y encendió lumbre. La leña estaba húmeda pero el hombre rascó la corteza muerta con su cuchillo y puso broza y ramitas a secar junto al fuego. Luego extendió el plástico en el suelo y sacó del carrito las americanas y las mantas y se quitaron los zapatos húmedos y embarrados y se sentaron en silencio con las palmas de las manos vueltas hacia la lumbre. Intentó pensar en algo que decir pero no pudo. No era la primera vez que tenía esta sensación, más allá del entumecimiento y la sorda desesperación. Como si el mundo se encogiera en torno a un núcleo no procesado de entidades desglosables. Las cosas cayendo en el olvido y con ellas sus nombres. Los colores. Los nombres de los pájaros. Alimentos. Por último los nombres de cosas que uno creía verdaderas. Más frágiles de lo que él habría pensado. ¿Cuánto de ese mundo había desaparecido ya? El sagrado idioma desprovisto de sus referentes y por tanto de su realidad. Rebajado como algo que intenta preservar el calor. A tiempo para desaparecer para siempre en un abrir y cerrar de ojos.

Durmieron toda la noche de puro cansancio y por la mañana la lumbre estaba apagada y negra en el suelo. Se calzó los zapatos embarrados y fue a buscar leña, soplando en sus manos abocinadas. Mucho frío. Podía ser noviembre. Quizá más tarde. Encendió fuego y se llegó hasta el borde del coto y contempló el campo. Los sembrados muertos. A lo lejos un granero.

Echaron a andar por la pista de tierra y subieron una loma donde antaño había habido una casa. Había ardido tiempo atrás. La forma oxidada de una caldera en medio del agua negra del sótano. En los sembrados chapas carbonizadas de material para techos allí donde el viento las había tirado. En el granero rescataron del suelo polvoriento de una tolva metálica unos cuantos puñados de un grano que no supo identificar y se los comieron allí de pie con polvo y todo. Luego cruzaron los campos en dirección a la carretera.

Siguieron un muro de piedra al final de lo que quedaba de un huerto. Los árboles en sus esmeradas hileras retorcidos y negros y las ramas caídas a montones en el suelo. Se detuvo y miró más allá de los campos. Viento en el este. La blanda ceniza moviéndose en los surcos. Deteniéndose. Moviéndose de nuevo. Él ya lo había visto antes. Dibujos de sangre seca en los rastrojos y grises vísceras enroscadas allá donde los muertos habían sido destripados como animales y llevados a rastras. Sobre el muro del fondo un friso de cabezas humanas, todas de parecido rostro, resecas y hundidas con la sonrisa rígida y los ojos marchitos. Lucían aros de oro en sus coriáceas orejas y el viento hacía bailar sus escasos y raídos cabellos. Los dientes como empastes en sus alvéolos, los toscos tatuajes grabados con alguna tintura de elaboración casera descoloridos a la pauperizada luz del sol. Arañas, espadas, dianas. Un dragón. Consignas rúnicas, credos mal escritos. Viejas cicatrices con motivos viejos pespunteados en sus bordes. Las cabezas no deformadas a porrazos habían sido desolladas y los meros cráneos pintados y rubricados de parte a parte de la frente a garabatos y una de aquellas calaveras peladas tenía las suturas cuidadosamente entintadas como un plano para montaje. Miró al chico que estaba detrás de él. En pie junto al carrito soportando el viento. Miró la hierba seca que se movía y las hileras de árboles oscuros y retorcidos. Unos jirones de tela que el viento había estampado en el muro, la ceniza tiñéndolo todo de gris. Caminó paralelo al muro echando un último vistazo a las máscaras y cruzó un portillo de escalones y salió a donde el chico le estaba esperando. Le pasó un brazo por los hombros. Bien, dijo. Vámonos.

Le había dado por ver un mensaje en cada ejemplo de la historia tardía, un mensaje y una advertencia, y eso resultó ser este retablo de muertos y devorados. Al despertar por la mañana se dio la vuelta tapado con la manta y miró carretera abajo entre los árboles por donde habían venido, justo a tiempo de ver aparecer a los manifestantes a la tropa. Vestidos con prendas de lo más variado, todos ellos con bufandas rojas alrededor del cuello. Rojas o naranjas, lo más parecido al rojo que pudieron encontrar. Apoyó una mano en la cabeza del chico. Chsss..., dijo.

¿Qué ocurre, papá?

Hay gente en la carretera. No levantes la cabeza. No mires.

El fuego extinguido, sin humo. Nada que pudiera verse del carrito. Se pegó al suelo y miró por encima de su antebrazo. Un ejército con zapatillas deportivas, pisando fuerte. Portando trozos de tubería de tres palmos de largo envueltos en cuero. Fiadores en la muñeca. A algunos de los tubos les habían ensartado tramos de cadena provistos en su extremo de cachiporras de toda clase. Pasaron de largo en ruidoso desfile, balanceándose como juguetes de cuerda. Barbudos, echando un aliento humoso a través de las mascarillas. Chsss..., dijo. Chsss... La falange que los seguía portaba una especie de lanzas adornadas con cintas y borlas, la larga hoja hecha de ballesta de camión alisada a martillazos en alguna tosca fragua de tierra adentro. El chico permanecía tumbado con la cara entre los brazos, presa del pánico. Un ligero temblor de tierra cuando pasaron a unos sesenta metros. Pisando fuerte. Detrás de ellos carros tirados por esclavos con arneses y repletos de mercancía de guerra y más atrás las mujeres, como una docena, algunas de ellas embarazadas, y por último un conjunto adicional de catamitas mal vestidos para el frío y provistos de dogales y enyuntados entre sí. Se alejaron todos. Ellos permanecieron a la escucha.

¿Se han ido, papá?

Sí, se han ido.

¿Los has visto?

Sí.

¿Eran de los malos?

Sí, eran de los malos.

Son muchos, esos malos.

Sí. Pero ya se han ido.

Se pusieron de pie y se sacudieron la ropa, pendientes del silencio en la lejanía.

¿Adónde crees que van, papá?

No lo sé. Están en movimiento y eso es mala señal.

¿Y por qué es mala señal?

Porque sí. Tenemos que coger el mapa y echar una ojeada.

Sacaron el carrito de entre la maleza con que lo habían cubierto y lo enderezó y metió dentro las mantas y las americanas y lo empujaron hasta la carretera y desde allí observaron la retaguardia de aquella andrajosa horda que parecía flotar en el aire convulso como una ilusión óptica.

A media tarde empezó a nevar otra vez. Vieron cómo los copos de color gris claro descendían de la primera y taciturna oscuridad. Siguieron adelante. Una frágil capa de nieve líquida formándose en la oscura superficie de la carretera. El chico se rezagaba a cada momento y el hombre se detuvo para esperarlo. No te separes de mí, dijo.

Andas demasiado deprisa.

Iré más despacio.

Continuaron.

Otra vez no me hablas.

Estoy hablando.

¿Quieres que paremos?

Yo siempre quiero parar.

Hemos de tener más cuidado. Yo he de tener más cuidado.

Ya lo sé.

Pararemos, ¿vale?

Vale.

Solo hace falta encontrar un buen sitio.

Vale.

La nieve caía en cortinas a su alrededor. No se veía nada a ninguno de los dos lados de la carretera. Él estaba tosiendo otra vez y el chico tiritaba, los dos juntos bajo el plástico, empujando el carrito de supermercado por la nieve. Finalmente él se detuvo. El chico temblaba ahora violentamente.

Tenemos que parar, dijo.

Hace mucho frío.

Lo sé.

¿Dónde estamos?

¿Que dónde estamos?

Sí.

No lo sé.

Si estuviéramos a punto de morir ¿me lo dirías?
No sé. Pero no estamos a punto de morir.

Dejaron el carrito puesto del revés en un campo de juncias y él envolvió americanas y mantas en el plástico y partieron. Agárrate a mi chaqueta, dijo. No te sueltes. Recorrieron el campo de juncias hasta un cercado y lo cruzaron sujetando uno el alambre del otro con las manos. El alambre estaba frío y crujía en las grapas. Estaba anocheciendo rápidamente. Siguieron adelante. A lo que llegaron fue a un bosque de cedros, los árboles muertos y negros pero lo bastante enteros aún como para soportar la nieve. Al pie de cada uno un precioso círculo de tierra oscura y humus.

Se instalaron bajo un árbol y apilaron las mantas y las americanas en el suelo y él tapó al chico con una de las mantas y se puso a amontonar las agujas de cedro muertas. Despejó con el pie un trecho en la nieve donde la lumbre no prendiera fuego al árbol y trajo leña de los otros cedros, partiendo luego las ramas y sacudiendo la nieve. Cuando arrimó el encendedor a la estupenda yesca el fuego crepitó al instante y supo que no iba a durar mucho. Miró al chico. He de ir a por más leña, dijo. Estaré por estos andurriales, ¿de acuerdo?
¿Qué son andurriales?
Simplemente quiere decir que no me voy lejos.
Vale.

Había ya medio palmo de nieve en el suelo. Avanzó con dificultad entre los árboles tirando de las ramas caídas que asomaban de la nieve y regresó con una buena brazada pero para entonces lo único que quedaba del fuego era un nido de ascuas temblorosas. Arrojó las ramas al fuego y partió otra vez. Difícil andar sobre aviso. El bosque estaba cada vez más oscuro y la lumbre no iluminaba hasta muy lejos. Si se daba prisa solo se sentía más débil. Cuando miró a su espalda el chico estaba con la nieve a media pierna recogiendo ramas pequeñas y apilándolas sobre sus brazos.

La nieve caía y no dejaba de caer. Se despertó una y otra vez durante la noche y se levantó para reavivar con paciencia el fuego. Había desplegado el toldo y apuntaló uno de los extremos al pie del árbol para ver si podía reflejar el calor. Observó la cara del chico a la luz naranja de la lumbre. Sus mejillas hundidas y tiznadas de negro. Tuvo que contener la rabia. Era inútil. No creía que el chico pudiera continuar mucho más. Aunque dejara de nevar la carretera estaría casi impracticable. La nieve caía a susurros en medio de la quietud y las chispas crecieron y mermaron y se extinguieron en la negrura eterna.

Estaba medio dormido cuando oyó un estruendo en el bosque. Luego otro. Se incorporó. Del fuego quedaban unas llamas dispersas entre los rescoldos. Aguzó el oído. El chasquido seco de ramas al partirse. Después otro estruendo. Alargó el brazo y despertó al chico. Levanta, dijo. Tenemos que irnos.

El chico se quitó el sueño de los ojos frotando con el dorso de las manos. ¿Qué pasa?, dijo. ¿Qué ocurre, papá?

Vamos. Hay que ponerse en marcha.

Pero ¿qué pasa?

Los árboles. Están cayendo.

El chico se incorporó y miró a su alrededor muy espantado.

No te preocupes, dijo el hombre. Vamos. Hay que darse prisa.

Recogió americanas y mantas y las dobló y envolvió todo ello con el plástico. Levantó la cabeza. La nieve se le coló en los ojos. El fuego era poco más que brasa y no daba ninguna luz y la leña casi se había terminado y los árboles estaban cayendo por todas partes en la negrura. El chico se le agarró. Echaron a andar y él trató de encontrar un espacio despejado en la oscuridad pero al final puso el plástico en el suelo y se sentaron cubiertos por las mantas, él abrazando al chico. El ruido sordo de los árboles al caer y de los montones de nieve explotando contra el suelo pusieron el bosque a temblar. Abrazó al chico y le dijo que todo iría bien y que eso pasaría pronto y así fue al cabo de un rato. La escandalera extinguiéndose en la distancia. Y luego otra vez, aislada y muy lejos. Después silencio. Bueno, dijo. Creo que ya está. Cavó un túnel bajo uno de los cedros caídos retirando la nieve con los brazos, sus manos congeladas dentro de las mangas. Llevaron allí las americanas y las mantas y el plástico y al cabo de un rato se durmieron pese al frío intenso.

Al despuntar el día salió de la madriguera apartando el plástico, que la nieve acumulada hacía muy pesado. Se puso de pie y miró en derredor. Había dejado de nevar y los cedros yacían en montículos de nieve y ramas partidas y algunos troncos todavía en pie que se veían desnudos y como quemados en aquel paisaje grisáceo. Caminó como pudo por la nieve acumulada dejando al chico dormido debajo del árbol como un animal en hibernación. La nieve le llegaba casi a las rodillas. En el campo las juncias muertas estaban prácticamente cubiertas y la nieve formaba afilados surcos sobre los alambres del cercado y el silencio era expectante. Se quedó apoyado en una estaca, tosiendo. No tenía idea de dónde podía estar el carrito y pensó que se estaba volviendo tonto y que su cabeza no regía. Concéntrate, dijo. Tienes que pensar. Cuando dio media vuelta para regresar el chico le estaba llamando.

Tenemos que irnos, dijo. No podemos quedarnos aquí.
El chico contempló sombríamente el ventisquero.

Vamos.
Caminaron hasta la cerca.
¿Adónde vamos?, dijo el chico.
Tenemos que encontrar el carrito.
Se quedó allí parado, las manos en los sobacos de su parka.
Vamos, dijo el hombre. Tienes que caminar.

Vadeó por los campos nevados. La nieve honda y gris. Había ya una capa reciente de ceniza. Consiguió avanzar unos cuantos pasos más y luego se volvió para mirar atrás. El chico había caído. Dejó las mantas y el plástico que llevaba sobre el brazo y fue a recogerlo. El chico ya estaba tiritando. Lo levantó y lo estrechó contra su pecho. Lo siento, dijo. Lo siento.

Localizar el carrito les llevó un buen rato. Lo puso derecho sacándolo de la nieve y cogió la mochila que había dentro y la sacudió y la abrió para guardar una de las mantas. Metió la mochila y las americanas y la otra manta dentro de la cesta del carrito y agarró al chico y lo puso encima y le deshizo el nudo de los zapatos y se los quitó. Luego sacó su cuchillo y se puso a cortar una de las americanas para envolver los pies del chico. Utilizó toda la tela y luego cortó unos cuadrados grandes del plástico y los agarró por debajo y envolvió con ellos los tobillos del chico, atándolos con el forro de las mangas de la americana. Retrocedió unos pasos. El chico bajó la vista. Ahora tú, papá, dijo. Arropó al chico con otra americana y luego se sentó en el plástico encima de la nieve y se envolvió él también los pies. Se calentó las manos dentro de la parka y luego metió los dos pares de zapatos en la mochila con los prismáticos y el camión de juguete. Sacudió la lona y la dobló y la ató con las otras mantas en lo alto de la mochila y se cargó esta a la espalda y luego echó una última ojeada a la cesta pero eso fue todo. En marcha, dijo. El chico miró por última vez el carrito y luego lo siguió hacia la carretera.

La marcha se hacía más ardua de lo que él había imaginado. En una hora apenas habían recorrido un kilómetro y medio. Se detuvo y miró al chico. El chico se detuvo y esperó.

Tú crees que vamos a morir, ¿verdad?

No sé.

No nos vamos a morir.

Vale.

Pero no me crees.

No sé.

¿Por qué piensas que vamos a morir?

No sé.

Deja de decir no sé.

Vale.

¿Por qué crees que vamos a morir?

No tenemos comida.

Ya encontraremos algo.

Vale.

¿Cuánto tiempo crees que uno puede estar sin comer?

No lo sé.

Pero ¿a ti cuánto te parece?

Quizá unos días.

¿Y luego? ¿Te caes muerto y ya está?

Sí.

Pues no. Se tarda mucho. Tenemos agua. Eso es lo más importante. Sin agua no duras mucho tiempo.

Vale.

Pero tú no me crees.

No lo sé.

Le miró detenidamente. Allí de pie con las manos en los bolsillos de la americana a rayas demasiado grande para él.

¿Tú crees que te miento?

No.

Pero piensas que podría mentir sobre lo de morirnos.

Sí.

De acuerdo. Quizá te mentiría. Pero no nos vamos a morir.

Vale.

Examinó el cielo. Algunos días la capa de nubes encenizadas era menos densa y ahora los árboles que flanqueaban la carretera daban una sombra muy tenue sobre la nieve. Siguieron adelante. El chico no iba bien. Se detuvo y le miró los pies y volvió a atar el plástico. Cuando la nieve empezara a fundirse sería muy difícil mantener los pies secos. Paraban a menudo para descansar. Ya no tenía fuerzas para cargar con el niño. Se sentaron encima de la mochila y comieron puñados de nieve sucia. A media tarde estaba empezando a derretirse. Pasaron frente a una casa incendiada, en el patio solo quedaba en pie la chimenea de ladrillo. Estuvieron en la carretera todo el día, si día se le podía llamar. Las pocas horas que duró. Debían de haber cubierto unos cuatro kilómetros.

Pensó que la carretera estaría tan mal que no habría nadie pero se equivocaba. Acamparon casi en la calzada misma y encendieron un gran fuego, acarreando ramas muertas de la nieve y apilándolas sobre las llamas donde sisearon y despidieron vapor. No había modo de impedirlo. Las pocas mantas que tenían no les daban suficiente calor. Procuró no dormirse. De repente se despertaba, incorporándose y palpando a su alrededor en busca de la pistola. El chico estaba muy flaco. Lo observó mientras él dormía. La cara chupada y los ojos hundidos. Una extraña belleza. Se levantó y llevó más leña hasta la lumbre.

Salieron a la carretera. Había huellas en la nieve. Un carro. Algún vehículo con ruedas. Algo con neumáticos de caucho a juzgar por las bandas estrechas. Huellas de bota entre las ruedas. Alguien había pasado de noche rumbo al sur. O de madrugada. Por la carretera a aquellas horas. Se quedó allí de pie pensando en eso. Resiguió el rastro con cuidado. Habían pasado a menos de quince metros del fuego y ni siquiera se habían parado a mirar. Miró en la otra dirección. El chico le observaba.

Tenemos que apartarnos de la carretera.

¿Por qué, papá?

Alguien viene.

¿Los malos?

Sí. Eso me temo.

Podrían ser buenos, ¿no?

No respondió. Miró al cielo por la fuerza de la costumbre pero no había nada que ver allí.

¿Qué vamos a hacer, papá?

Nos marchamos.

¿No podemos volver al fuego?

No. Vamos. Seguramente no tenemos mucho tiempo.

Es que me muero de hambre.

Ya lo sé.

¿Qué vamos a hacer?

Tenemos que ocultarnos. Salir de la carretera.

¿Verán nuestras huellas?

Sí.

¿Qué podemos hacer para que no las vean?

No lo sé.

¿Sabrán dónde estamos?

¿Qué?

Si ven nuestras huellas, ¿sabrán dónde estamos?

Se volvió para mirar las grandes pisadas redondas que habían dejado en la nieve.

Se lo imaginarán, dijo.

Luego se detuvo.

Tenemos que pensarlo bien. Volvamos al fuego.

Su idea había sido buscar un sitio en la carretera donde la nieve se hubiera fundido del todo pero luego pensó que como sus huellas no reaparecerían al otro lado no serviría de nada. Apagaron la lumbre a puntapiés de nieve y caminaron entre los árboles describiendo un círculo y volvieron. Se apresuraron dejando un laberinto de huellas y luego se dirigieron otra vez hacia el norte atravesando el bosque sin perder de vista la carretera.

Escogieron aquel sitio simplemente porque era el punto más elevado del itinerario y desde allí tenían una vista de la carretera hacia el norte y del camino por donde habían venido. Extendió la lona sobre la nieve mojada y envolvió al chico en las mantas. Vas a tener frío, dijo. Pero quizá no estaremos aquí mucho rato. No había pasado una hora cuando dos hombres llegaron a paso largo por la carretera. Cuando hubieron pasado se puso de pie para observarlos. Y justo cuando lo hacía los hombres se detuvieron y uno de ellos miró hacia atrás. Se quedó inmóvil. Estaba envuelto en una de las mantas grises y habría sido difícil verle pero no imposible. Dedujo que quizá habían olido el humo. Los hombres hablaron entre sí. Luego siguieron andando. Se sentó. Todo va bien, dijo. Solo tenemos que esperar un poco. Pero creo que todo va bien.

No habían comido nada y dormido muy poco durante cinco días y en semejante estado a las afueras de un pueblo vieron una casa antaño suntuosa encaramada a un promontorio que dominaba la carretera. El chico le tenía cogida la mano. La nieve tanto en el macadán como en los campos y el bosque orientados al sur estaba fundida en su mayor parte. Se quedaron allí parados. Tenían los pies fríos y húmedos pues las bolsas de plástico ya estaban muy gastadas. La casa era alta y señorial, con blancas columnas dóricas en la fachada. Una puerta cochera en un costado. Un camino de grava que subía en curva por un campo de hierba muerta. Las ventanas estaban curiosamente intactas.

¿Qué sitio es este, papá?

Chsss... Quedémonos aquí y escuchemos.

No había nada. El viento agitando los helechos muertos junto a la carretera. Un crujido en la distancia. Puerta o persiana.

Creo que deberíamos ir a ver.

Papá, no subamos.

No pasa nada.

Yo preferiría no subir.

Tranquilo. Tenemos que echar un vistazo.

Se aproximaron despacio por el camino de grava. No había huellas en los trechos ocasionales de nieve a medio fundir. Un seto alto de alheña. Un antiguo nido de pájaros metido allí en el mimbre. Se quedaron en el jardín estudiando la fachada. Los ladrillos caseros como horneados de la misma tierra sobre la que se erguía. La pintura desconchada colgando en largas tiras como seda en rama de las columnas y de los combados cielos rasos. Una lámpara suspendida de una cadena larga en lo alto. El chico se agarró a él mientras subían los escalones. Una de las ventanas estaba ligeramente abierta y un cordón salía de allí y atravesaba el porche para perderse en la hierba. Cogió al chico de la mano y cruzaron el porche. Por aquellas tablas habían transitado esclavos llevando comida y bebida en bandejas de plata. Se acercaron a la ventana y miraron al interior.

¿Y si hay alguien, papá?

Aquí no hay nadie.

Deberíamos irnos, papá.

Tenemos que encontrar algo de comer. No hay otra alternativa.

Podríamos buscar en otra parte.

Todo irá bien. Vamos.

Se sacó la pistola del cinturón y probó de abrir la puerta. Cedió lentamente hacia dentro sobre sus grandes goznes de latón. Se quedaron allí escuchando. Luego entraron a un amplio vestíbulo con baldosas de mármol negras y blancas. Una escalera ancha para subir. En las paredes buen papel Morris con sombras de humedad e hinchado. El techo de escayola estaba abombado formando amplios festones y en la parte alta de las paredes los amarillentos dentículos se arqueaban y combaban. A mano izquierda en la entrada de lo que debía de haber sido el comedor había un gran aparador de nogal. Las puertas y cajones habían desaparecido pero el resto era demasiado grande para quemar. Se quedaron en el umbral. En una ventana de una esquina de la habitación había una gran pila de ropa. Ropa y zapatos. Cinturones. Chaquetas. Mantas y sacos de dormir viejos. Tendría tiempo de sobra después para pensar en ello. El chico se le colgó de la mano. Estaba aterrorizado. Cruzaron el vestíbulo hasta la habitación del fondo y entraron y se quedaron quietos. Era una sala grande con techos el doble de altos que las puertas. Un hogar con ladrillo visto allí donde la repisa de madera y el marco habían sido arrancados y quemados. Había varios colchones y ropa de cama todo bien puestos en el suelo frente al hogar. Papá, susurró el chico. Chsss..., dijo el hombre.

Las cenizas estaban frías. Alrededor unas cacerolas renegridas. Se puso en cuclillas y cogió una para olerla y la dejó donde estaba. Se levantó y miró por la ventana. Hierba gris, pisoteada. Nieve gris. El cordón que venía de la ventana estaba atado a un timbre de latón y el timbre estaba fijado a una tosca plantilla de madera que habían clavado a la moldura de la ventana. Cogió al chico de la mano y fueron hasta la cocina por un pasillo estrecho. Basura amontonada por todas partes. Un fregadero manchado de orín. Olor a moho y excrementos. Entraron en un cuartito contiguo, tal vez una despensa.

En el suelo de ese cuarto había una puerta o trampilla y estaba cerrada con un candado grande hecho de láminas de acero superpuestas. Se lo quedó mirando.

Papá, dijo el chico. Vámonos. Papá...

Si está cerrado con llave es por algo.

El chico le tiró de la mano. Estaba a punto de llorar. Papá, dijo.

Necesitamos comer.

Yo no tengo hambre, papá. En serio.

Tenemos que encontrar algo para hacer palanca.

Salieron por la puerta de atrás, el chico aferrado a él. Se metió la pistola por dentro del cinturón y estudió el patio con la mirada. Había un sendero hecho de ladrillo y la forma nervuda y retorcida de lo que en tiempos había sido una hilera de boj. En el jardín había una vieja grada de hierro apoyada en unos pilares de ladrillos superpuestos y alguien había metido entre sus dientes un caldero de hierro colado de ciento cincuenta litros como los que se usaban antes para fundir grasa de cerdo. Debajo había cenizas de un fuego y leños renegridos. Más allá un pequeño carro con neumáticos. Todas estas cosas las vio y no las vio. Al fondo del patio había un ahumadero de madera y un cobertizo. Fue hacia allá medio arrastrando al chico y se puso a hurgar entre las herramientas metidas en un barril bajo el techo del cobertizo. Escogió una pala de mango largo y la sopesó. Vamos, dijo.

De nuevo en la casa utilizó el filo de la pala para cortar alrededor del picolete del cerrojo y finalmente hincó la pala debajo del picolete e hizo palanca. Estaba atornillada a la madera y la cosa salió de golpe, con cerradura y todo. Introdujo la hoja de la pala a puntapiés bajo las tablas y paró y sacó su encendedor.

Luego se puso derecho sobre la espiga de la pala y levantó el canto de la trampilla y se inclinó para agarrarla. Papá, susurró el chico.

Se detuvo. Escúchame bien, dijo. Ya basta. Nos estamos muriendo de hambre, ¿entiendes? Luego levantó la trampilla y la abrió del todo dejándola caer al suelo.

Tú espera aquí, dijo.

Voy contigo.

Pensaba que tenías miedo.

Tengo miedo.

Está bien. Ponte detrás y no te apartes de mí.

Miró los escalones de madera basta que bajaban. Agachó la cabeza y luego encendió el mechero y paseó la llama por la oscuridad como una ofrenda. Frío y humedad. Un hedor infame. El chico se le agarró a la chaqueta. Se veía parte de una pared de piedra. Suelo de arcilla. Un colchón viejo con manchas oscuras. Se agachó y bajó otro escalón con el encendedor al frente. Acurrucados junto a la pared del fondo había hombres y mujeres desnudos, todos tratando de ocultarse, protegiéndose el rostro con las manos. En el colchón yacía un hombre al que le faltaban las dos piernas hasta la cadera, los muñones quemados y ennegrecidos. El olor era insoportable.

Cielo santo, susurró.

Entonces uno a uno volvieron la cabeza y parpadearon a la miserable luz. Ayúdenos, dijeron en voz baja. Por favor, ayúdenos.

Dios, dijo él. Oh, Dios.

Agarró al chico. Date prisa, le dijo. Date prisa.

Se le había caído el encendedor. No había tiempo para buscarlo. Empujó al chico escaleras arriba. Ayúdenos, decían ellos.

Deprisa.

Una cara barbuda apareció al pie de la escalera. Por favor, dijo en voz alta. Por favor.

Deprisa. Rápido, por el amor de Dios.

De un fuerte empujón sacó al chico por la trampilla. Salió él también y luego asió la puerta y la cerró dejándola caer de golpe y se volvió para levantar al chico del suelo donde había quedado despatarrado pero el chico estaba ya de pie ejecutando su pequeña danza del terror. Quieres hacer el favor de darte prisa, dijo entre dientes. Pero el chico no dejaba de señalar algo que había fuera de la ventana y cuando miró hacia allí se quedó paralizado. Cuatro barbudos y dos mujeres venían hacia la casa atravesando el campo. Agarró al chico de la mano. Dios mío, dijo. Corre. Corre.

A la carrera por la casa hasta la puerta principal y escalones abajo. Cuando iban por la mitad del camino de grava tiró del chico hacia el campo. Se volvió para mirar atrás. Estaban parcialmente resguardados por los restos de la alheña pero sabía que tenían unos minutos a lo sumo y quizá ni siquiera eso. Al final del campo se precipitaron a unos carrizos secos y de allí salieron a la carretera y cruzaron hacia el bosque del otro lado. Agarró con más fuerza todavía la muñeca del chico. Corramos, susurró. Tenemos que correr. Miró hacia la casa pero no pudo ver nada. Si estaban bajando por el camino de grava lo verían correr con el chico entre los árboles. Este es el momento. Este es el momento. Se dejó caer al suelo y lo atrajo hacia él. Chsss..., dijo. Chsss...

¿Nos van a matar? ¿Papá?

Chsss...

Permanecieron tumbados en la hojarasca y la ceniza con el corazón que se les salía de la boca. Él no tardaría en toser. Se habría tapado la boca pero una mano se la tenía cogida el chico y no se la soltaba y con la otra mano empuñaba la pistola. Tuvo que concentrarse mucho para ahogar la tos al mismo tiempo que intentaba escuchar. Hizo un hueco en las hojas moviendo la barbilla, para ver si venían. No levantes la cabeza, susurró.

¿Vienen?

No.

Se arrastraron por la hojarasca hacia lo que parecía terreno más bajo. Se detuvo para escuchar, abrazando al chico. Pudo oírlos hablar en la carretera. Una voz de mujer. Luego los oyó en las hojas secas. Agarró la mano del chico y le encajó la pistola. Coge esto, susurró. Cógela. El chico estaba aterrorizado. Le pasó un brazo por la cintura y lo abrazó. Su cuerpo tan flaco. No te asustes, dijo. Si te encuentran vas a tener que hacerlo. ¿Entiendes? Chsss... Nada de llorar. ¿Me oyes? Ya sabes cómo hacerlo. Te la metes en la boca y apuntas hacia arriba. Rápido y con decisión. ¿Lo has entendido? Deja de llorar. ¿Lo has entendido?

Creo que sí.

No. ¿Lo has entendido?

Sí.

Di sí papá, lo he entendido.

Sí papá, lo he entendido.

El hombre le miró. La imagen del terror. Le quitó la pistola. No, no lo entiendes, dijo.

No sé qué he de hacer, papá. No sé qué he de hacer. ¿Tú dónde estarás?

Déjalo.

No sé qué he de hacer.

Chsss... Estoy aquí a tu lado. No me voy.

¿Prometido?

Prometido. Pensaba salir corriendo. Para ver si me seguían y me los llevaba de aquí. Pero no puedo abandonarte.

Papá...

Chsss... Baja la cabeza.

Tengo tanto miedo...

Chsss...

Permanecieron tumbados a la escucha. ¿Eres capaz de hacerlo? ¿Cuando llegue el momento? Cuando llegue el momento no habrá momento que valga. El momento es ahora. Maldice a Dios y muere. ¿Y si la pistola no dispara? Tiene que disparar. ¿Y si no dispara? ¿Podrías aplastar ese cráneo amado con una piedra? ¿Existe dentro de ti un ser semejante del cual tú no sabes nada? ¿Es posible? Estréchalo entre tus brazos. Así. El alma es ágil. Atráelo hacia ti. Dale un beso. Rápido.

Esperó. Con el revólver niquelado en la mano. Estaba a punto de toser. Puso todo su empeño en aguantarse la tos. Intentó escuchar pero no pudo oír nada. No te abandonaré, susurró. No te dejaré nunca. ¿Entiendes? Tumbado en la hojarasca abrazando al niño. Empuñando el revólver. Durante el largo crepúsculo y ya de noche. Una noche fría y sin estrellas. Mejor. Empezó a creer que tenían una oportunidad. Solo hay que esperar, dijo en voz baja. Mucho frío. Intentó pensar pero su cerebro naufragaba. Se sentía muy débil. Mucho hablar de correr pero él no podía correr. Cuando la verdadera negrura los rodeó por completo aflojó las correas de la mochila y sacó las mantas y las extendió encima del chico y al poco rato el chico ya dormía.

Durante la noche oyó espantosos chillidos procedentes de la casa e intentó taparle los oídos al chico con las manos y al rato los gritos cesaron. Se quedó a la escucha. Pasando por los carrizos hacia la carretera había visto una caja. Como una especie de casa de muñecas. Comprendió que era allí donde ellos estaban vigilando la carretera. Tumbados a la espera y tocando el timbre de la casa para que salieran sus compañeros. Se quedó dormido y despertó. ¿Qué era eso que venía? Pasos en la hojarasca. No. Solo el viento. Nada. Se incorporó y miró hacia la casa pero solo pudo ver oscuridad. Sacudió al chico para despertarlo. Vamos, dijo. El chico no respondió pero él supo que estaba despierto. Retiró las mantas y las sujetó encima de la mochila. Vamos, susurró.

Echaron a andar por el bosque oscuro. Había luna más arriba de la capa de nubes y pudieron al menos ver los árboles. Avanzaban tambaleándose como borrachos. Si nos encuentran nos matarán, ¿verdad, papá?

Chsss... No hables.

¿Verdad, papá?

Chsss... Sí. Nos matarán.

No tenía idea de qué dirección habían tomado y su temor era que pudieran girar en círculo y terminar otra vez en la casa. Trató de recordar si sabía algo al respecto o si eran solo habladurías. ¿Hacia qué dirección iba la gente cuando se extraviaba? Quizá dependía de los hemisferios. O de la lateralidad. Finalmente se quitó de la cabeza la idea de que pudiera haber algo que rectificar. Su mente lo traicionaba. Fantasmas desaparecidos durante un millar de años alzándose lentamente de su sueño. Rectificar eso. El chico daba brincos de frío. Pidió que lo llevara a cuestas con frases apenas entredichas y el hombre se lo subió a los hombros y al momento el chico se quedó dormido. Supo que no podría cargar con él mucho tiempo.

Despertó temblando violentamente en el lecho de hojas en la oscuridad del bosque. Se incorporó al tiempo que palpaba a tientas al chico. Dejó la mano apoyada en sus flacas costillas. Calor y movimiento. Latidos de corazón.

Cuando volvió a despertarse había luz casi suficiente para ver. Apartó la manta y se puso de pie y por poco no cayó. Mantuvo el equilibrio e intentó ver a su alrededor en el bosque gris. ¿Cuánto trecho habían recorrido? Caminó hasta un promontorio y una vez arriba quedó en cuclillas mirando cómo clareaba. Un amanecer reacio, un mundo frío y oscuro. A lo lejos lo que parecía un pinar, pelado y negro. Un mundo incoloro de alambre y crepé. Volvió a donde estaba el chico y lo despertó e hizo que se incorporara. La cabeza le vencía hacia delante. Tenemos que irnos, dijo. Tenemos que irnos.

Cargó con él campo a través, parando para descansar cada cincuenta pasos contados. Cuando llegó a los pinos se arrodilló y dejó al chico sobre el arenoso humus y lo tapó con las mantas y se sentó a mirarlo. Parecía algo salido de un campo de exterminio. Famélico, extenuado, enfermo de miedo. Se inclinó para darle un beso y se levantó y fue hasta el lindero del bosque y luego recorrió todo el perímetro para ver si estaban a salvo.

Hacia el sur al otro lado de los campos pudo ver el perfil de una casa y un granero. Más allá de los árboles la curva de una carretera. Un camino largo con hierba muerta. Hiedra muerta a todo lo largo de un muro y un buzón y un cercado paralelo a la carretera y los árboles muertos al fondo. Todo frío y silencioso. Amortajado en la niebla carbónica. Regresó y se sentó al lado del chico. Era la desesperación lo que lo había llevado a tanta negligencia y supo que eso no podía repetirse. Pasara lo que pasase.

El chico dormiría horas y horas. Pero si se despertaba se quedaría aterrorizado. Había ocurrido otras veces. Pensó en despertarlo pero sabía que luego no se acordaría de nada. Le había enseñado a echarse en el bosque como un cervatillo.

¿Durante cuánto tiempo? Al final se sacó la pistola del cinturón y la dejó a su lado debajo de las mantas y se levantó y se puso en camino.

Se aproximó al granero desde la loma que había más arriba, deteniéndose para observar y escuchar. Avanzó entre las ruinas de un viejo huerto de manzanos, negros tocones retorcidos, hierba muerta hasta las rodillas. Se detuvo en el umbral del granero y escuchó. Luz pálida a través de los listones. Pasó junto a las polvorientas casillas. Situado en mitad de la crujía del granero aguzó el oído pero no oyó nada. Empezó a subir al henil por la escalera y tan débil estaba que dudó si sería capaz de llegar arriba. Fue hasta el gablete que había al fondo del henil y miró hacia el campo por la ventana. El terreno roturado muerto y gris, la cerca, la carretera.

Había balas de heno en el suelo y separó de ellas un puñado de semillas y se sentó a masticarlas sobre los talones. Duras, secas y polvorientas. Algo nutritivo debían de tener. Se levantó e hizo rodar dos de las balas por el suelo del henil y las dejó caer a la crujía. Sendos golpes sordos. Polvo. Se acercó al gablete y estuvo observando lo que se veía de la casa más allá de la esquina del granero. Luego volvió a bajar por la escalera.

La hierba entre la casa y el granero no parecía pisada. Se llegó hasta el porche. La mosquitera podrida y medio caída. Una bicicleta de niño. La puerta de la cocina estaba abierta. Cruzó el porche y se quedó parado en el umbral. Paneles de contrachapado alabeados por la humedad. Viniéndose abajo. Una mesa roja de formica. Fue a abrir la puerta de la nevera. Había algo en uno de los estantes, cubierto de un pelo gris. Cerró la puerta. Desperdicios por todas partes. Cogió una escoba de un rincón y hurgó en el suelo con el mango. Se subió a la encimera y pasó la mano por el polvo que había sobre los armarios. Una ratonera. Un paquete de algo. Sopló para quitar el polvo. Eran unos polvos con sabor a uva para preparar refrescos. Se guardó el paquete en el bolsillo de la chaqueta.

Recorrió todas las habitaciones de la casa. No encontró nada. Una cuchara en una mesita de noche. Se la metió en el bolsillo. Pensó que quizá habría ropa en un armario o alguna sábana o manta pero no había nada. Volvió a salir y fue hasta el garaje. Examinó las herramientas. Rastrillos. Una pala. Tarros con clavos y tornillos en un estante. Un cúter. Lo sostuvo a la luz y examinó la hoja y lo dejó donde estaba. Luego lo volvió a coger. En una lata de café había un destornillador y con él abrió el mango del cúter. Contenía cuatro hojas nuevas. Extrajo la hoja gastada y la dejó en el estante y colocó una de las nuevas y volvió a atornillar el mango y retiró la hoja y se guardó el cúter en el bolsillo. Luego cogió el destornillador y se lo guardó también.

Salió del granero. Tenía un pedazo de tela en el que pretendía juntar más semillas de las balas de heno pero al salir del granero se detuvo y se quedó escuchando el viento. Un crujido de hojalata arriba en algún punto del tejado. Aún olía a vaca y se quedó allí de pie pensando en las vacas y se dio cuenta de que se habían extinguido. ¿Era verdad? En alguna parte quizá había una vaca que alguien cuidaba y alimentaba. ¿Era eso posible? ¿Alimentarla con qué? ¿Conservarla para qué? Más allá de la puerta el viento hacía chirriar ligeramente la hierba fenecida. Salió y se quedó mirando el pinar donde el chico dormía. Cruzó el huerto y luego se detuvo otra vez. Había pisado algo. Retrocedió un paso y se arrodilló y apartó la hierba con las manos. Era una manzana. La cogió y la puso a la luz. Dura, marrón y arrugada. La limpió con la tela y dio un mordisco. Seca y casi sin sabor. Pero manzana al fin y al cabo. Se la comió entera, con semillas y todo. Sostuvo el tallo con el pulgar y el índice y lo soltó. Luego se puso a caminar despacio por la hierba. Sus pies estaban todavía envueltos en restos de la americana y tiras de plástico. Se sentó y deshizo los nudos y se metió las envueltas en el bolsillo y recorrió las hileras descalzo. Para cuando llegó al final del huerto tenía cuatro manzanas más y se las guardó en un bolsillo y volvió. Examinó todas las hileras hasta que hubo dibujado un rompecabezas en la hierba. Tenía más manzanas de las que podía acarrear. Exploró los espacios entre los troncos y se llenó los bolsillos hasta el borde y apiló manzanas en la capucha de su parka detrás de la cabeza y unas cuantas más encima del brazo pegado al pecho. Las amontonó junto a la puerta del granero y se sentó allí para envolver sus pies entumecidos.

En el ropero contiguo a la cocina había visto un viejo cesto de mimbre lleno de frascos de conserva. Puso el cesto en el suelo y sacó los tarros y luego volcó el cesto y dio unos golpes para quitar la tierra. Se quedó quieto. ¿Qué había visto? Un caño de desagüe. Un espaldar. La oscura serpiente de una parra muerta que bajaba por él como la trayectoria de una empresa en un gráfico. Se incorporó y volvió a la cocina y salió al patio y se quedó mirando la casa. Sus ventanas reflejando el día gris y anónimo. El caño bajaba por la esquina del porche. Tenía todavía el cesto en la mano y lo dejó en la hierba y volvió a subir los escalones. La cañería bajaba por el poste de la esquina hasta un depósito de hormigón. Apartó los desperdicios y los trozos de mosquitera podrida que había sobre la tapa. Volvió a entrar en la cocina y agarró la escoba y salió y barrió la tapa y dejó la escoba apoyada en el rincón y levantó la tapa del depósito. Dentro había una bandeja llena de un cieno gris que bajaba del tejado mezclado con un abono de hojas y ramitas secas. Levantó la bandeja y la depositó en el suelo. Debajo había grava blanca. Retiró la grava con la mano. El tanque estaba lleno de carbón vegetal, restos de tallos y ramas enteros quemados en efigie de los propios árboles. Volvió a colocar la bandeja. En el suelo había una anilla verde de latón. Alcanzó la escoba y barrió la ceniza. Había marcas de sierra en las tablas del suelo. Barrió bien las tablas y se arrodilló y metió dos dedos en la anilla y levantó la compuerta y la abrió del todo. Allá abajo en la oscuridad había una cisterna llena de un agua tan dulce que pudo incluso olerla. Se tumbó boca abajo y estiró el brazo. Casi rozaba el agua. Se abalanzó un poco más y volvió a estirar el brazo y cogió un poco de agua con la palma de la mano y la olió y la probó antes de beber. Se quedó allí tendido mucho rato, pescando agua a mano y llevándosela a la boca. En su memoria absolutamente nada tan bueno ni de lejos.

Volvió al ropero y regresó de allí con dos de aquellos tarros y un viejo cazo esmaltado en azul. Limpió el cazo y lo sumergió hasta llenarlo de agua y con ella limpió los tarros. Luego estiró el brazo y hundió uno de los tarros hasta que estuvo lleno y lo izó chorreando. Qué transparente era el agua. Sostuvo el tarro a la luz. Un pequeño fragmento aislado de sedimento enroscándose dentro del tarro sobre algún lento eje hidráulico. Inclinó el tarro para beber y bebió despacio pero aun así casi se bebió el tarro entero. Se sentó allí con el estómago hinchado. Podría haber bebido más pero no lo hizo. Vertió el agua que quedaba en el otro tarro y lo enjuagó y luego llenó los dos tarros y volvió a poner la tapa de madera sobre la cisterna y se levantó y con los bolsillos llenos de manzanas y los tarros en la mano se dispuso a atravesar los campos en dirección al pinar.

Se había demorado más de lo previsto y apresuró el paso lo mejor que pudo, con el agua bamboleándose y borboteando en su contraída barriga. Paró a descansar y empezó de nuevo. Cuando llegó al bosque no parecía que el chico se hubiera movido siquiera y se arrodilló en el mantillo y dejó los tarros y cogió la pistola y se la metió por el cinturón y finalmente se quedó allí sentado mirando al chico.

Pasaron buena parte de la tarde arrebujados en las mantas comiendo manzanas. Echando tragos de agua de los tarros. Sacó de su bolsillo los polvos con sabor a uva y abrió el sobre y echó el contenido en el tarro y agitó y se lo pasó al chico. Qué buena idea has tenido, papá. Durmió mientras el chico montaba guardia y al anochecer cogieron los zapatos y se los pusieron y bajaron hasta la casa para recoger el resto de las manzanas. Llenaron tres tarros de aquella agua y enroscaron los tapones de dos piezas que había encontrado en una caja en un estante del ropero. Luego lo envolvió todo en una de las mantas y lo metió en la mochila y ató las otras mantas encima y se echó la mochila a la espalda. Permanecieron en la entrada viendo cómo la luz iba descendiendo sobre el orbe occidental. Luego bajaron por el camino de grava y partieron de nuevo hacia la carretera.

El chico iba agarrado a su chaqueta y caminaban por el borde de la calzada y él trataba de palpar el pavimento bajo sus pies en la oscuridad. A lo lejos oyó truenos y al cabo de un rato vieron tenues estremecimientos de luz delante de ellos. Sacó el plástico de la mochila pero ya casi no quedaba suficiente para taparlos a los dos y al poco rato empezó a llover. Siguieron caminando a trompicones uno al lado del otro. No había adónde ir. Llevaban puestas las capuchas de sus parkas pero estas se estaban empapando de lluvia y cada vez pesaban más. Se detuvo en la carretera e intentó acomodar la lona. El chico temblaba de mala manera.

Estás helado, ¿verdad?

Sí.

Si paramos nos entrará mucho frío.

Yo ya tengo mucho.
¿Qué quieres que hagamos?
¿Podríamos parar?
Sí. Está bien. Paremos.

Fue una noche tan larga como la que más de entre las muchas similares que él recordaba. Se acostaron sobre el suelo húmedo junto a la carretera tapados por las mantas con la lluvia repiqueteando en la lona y él abrazó al chico y al cabo de un rato el chico dejó de temblar y al rato se quedó dormido. Los truenos se alejaron hacia el norte y cesaron y solo se oía la lluvia. Se durmió y volvió a despertarse y la lluvia había amainado y al cabo de un rato dejó de llover. Pensó que probablemente no era ni medianoche. Estaba tosiendo y la cosa empeoró y la tos despertó al niño. El alba tardaba mucho en llegar. Se incorporó de vez en cuando para mirar hacia el este y al cabo de un rato ya era de día.

Lió las chaquetas una después de otra en torno al tronco de un árbol pequeño y las estrujó para sacar el agua. Hizo que el chico se quitara la ropa y lo envolvió en una manta y mientras se quedaba allí tiritando estrujó sus prendas y se las pasó otra vez. El suelo donde habían dormido estaba seco y se sentaron allí cubiertos por las mantas y comieron manzanas y bebieron agua. Después salieron de nuevo a la carretera, encorvados y encapuchados y tiritando en sus harapos como frailes mendicantes enviados a buscarse manutención.

Al menos por la tarde ya estaban secos. Examinaron los pedazos de mapa pero él tenía escasa idea de dónde se encontraban. Desde un cambio de rasante en la carretera trató de determinar su posición en el crepúsculo. Dejaron la autovía y se desviaron por una estrecha carretera que atravesaba el campo y llegaron por fin a un puente sobre un arroyo seco y bajaron arrastrándose por la ribera y se acurrucaron allí debajo.

¿Podemos encender fuego?, dijo el chico.

No tenemos encendedor.

El chico apartó la vista.

Lo siento. Se me cayó. No quería decírtelo.

No pasa nada.

Buscaré algún pedernal. He estado mirando por el camino. Y todavía nos queda el frasquito de gasolina.

Bueno.

¿Tienes mucho frío?

Estoy bien.

El chico recostó la cabeza en el regazo del hombre. Al cabo de un rato dijo: Van a matar a esas personas, ¿verdad?

Sí.

¿Por qué tienen que hacerlo?

No lo sé.

¿Se los van a comer?

No lo sé.

Se los comerán, ¿verdad?

Sí.

Y nosotros no podíamos ayudarlos porque se nos habrían comido también.

Sí.

Y por eso no podíamos ayudarlos.

Sí.

Vale.

Pasaron por poblaciones que recomendaban a la gente no entrar en ellas con mensajes escritos de cualquier manera en vallas publicitarias. Las vallas habían sido blanqueadas a capas finas de pintura al objeto de poder escribir en ellas y a través de la pintura podía verse un pálido palimpsesto de publicidad de artículos que ya no existían. Se sentaron en la cuneta y comieron las manzanas que les quedaban.

¿Qué pasa?, dijo el hombre.
Nada.
Encontraremos comida. Siempre encontramos algo.
El chicó guardo silencio. El hombre le observó.
No se trata de eso, ¿verdad?
Da igual.
Dímelo.
El chico desvió la mirada carretera abajo.
Quiero que me lo digas. No pasa nada.
El chico negó con la cabeza.
Mírame, dijo el hombre.
Se volvió y le miró. Parecía que hubiera estado llorando.
Habla.
Nosotros nunca nos comeríamos a nadie, ¿verdad?
No. Claro que no.
¿Aunque estuviéramos muriéndonos de hambre?
Ya lo estamos.
Tú dijiste que no.
Dije que no nos estábamos muriendo. No que no estuviéramos muertos de hambre.
Pero no lo haríamos.
No. No lo haríamos.
Pase lo que pase.
Pase lo que pase.
Porque nosotros somos de los buenos.
Sí.
Y llevamos el fuego.
Y llevamos el fuego. Así es.
Vale.

Encontró fragmentos de sílex o pedernal en una zanja pero a la postre fue más sencillo rascar con los alicates una roca al pie de la cual había hecho un montoncito de yesca empapada de gasolina. Dos días más. Luego tres. Efectivamente se estaban muriendo de hambre. Una región saqueada, esquilmada, arrasada. Desvalijada hasta de la última migaja. Noches de un frío intenso y una negrura de ataúd y la mañana tardaba en llegar y traía consigo un silencio terrible. Como el amanecer previo a la batalla. La piel color de cera del chico era prácticamente translúcida. Con aquellos ojos de mirada fija parecía salido de otro mundo.

Estaba empezando a pensar que finalmente tenían la muerte encima y que era preciso buscar un sitio para esconderse donde no pudieran encontrarlos. Cuando se dedicaba a mirar cómo dormía el chico había momentos en los que empezaba a sollozar sin poder controlarse pero no por la idea de la muerte. No estaba seguro de cuál era el motivo pero pensaba que tenía que ver con la belleza o con la bondad. Cosas en las que ya no podía pensar de ninguna de las maneras. Se agazaparon en un bosque desolado y bebieron agua de acequia filtrada con un trapo. Había visto al chico en sueños tendido sobre una tabla mortuoria y se despertó horrorizado. Lo que podía soportar en el mundo de vigilia no lo soportaba de noche y permaneció despierto por temor a que el sueño volviera.

Escarbaron en las ruinas calcinadas de casas en las que antes no habrían entrado. Un cadáver flotando en el agua negra de un sótano entre desperdicios y cañerías herrumbrosas. Entró en una sala de estar parcialmente incendiada y a cielo abierto. Las tablas alabeadas por el agua inclinándose hacia el exterior. Tomos empapados en una librería. Cogió uno y lo abrió y luego lo volvió a dejar donde estaba. Todo húmedo. Pudriéndose. En un cajón encontró una vela. No había cómo encenderla. Se la metió en el bolsillo. Salió a la luz gris y se quedó allí de pie y fugazmente vio la verdad absoluta del mundo. El frío y despiadado girar de la tierra intestada. Oscuridad implacable. Los perros ciegos del sol en su carrera. El aplastante vacío negro del universo. Y en alguna parte dos animales perseguidos temblando como zorros escondidos en su madriguera. Tiempo prestado y mundo prestado y ojos prestados con que llorarlo.

A las afueras de un pueblo se sentaron a descansar en la cabina de un camión, mirando por un parabrisas que las lluvias recientes habían dejado limpio. Una ligera capa de ceniza. Extenuados. Junto a la carretera había otro rótulo advirtiendo de la muerte, las letras descoloridas con los años. Casi le hizo sonreír. ¿Lees eso?, dijo.

Sí.

No hagas caso. Ahí no hay nadie.

¿Están todos muertos?

Eso creo.

Ojalá aquel niño estuviera con nosotros.

Vámonos, dijo.

Sueños suntuosos de los que aborrecía despertar. Cosas que el mundo ya no conocía. El frío lo impulsó a atizar el fuego. El recuerdo de ella cruzando el jardín a primera hora de la mañana en su fina bata rosa que se pegaba a sus pechos. Pensó que cada recuerdo evocado debe violentar en alguna medida sus orígenes. Como en un juego. El juego del teléfono. Más vale ser parco. Lo que uno altera mediante el recuerdo tiene sin embargo una realidad, sea o no conocida.

Recorrieron las calles envueltos en sus cochambrosas mantas. Él llevaba el revólver a la altura de la cintura y al chico cogido de la mano. Al otro extremo del pueblo vieron una casa solitaria en medio de un campo y fueron hasta allí y entraron y miraron en las habitaciones. Se toparon consigo mismos reflejados en un espejo y él casi levantó la pistola. Somos nosotros, susurró el chico. Somos nosotros.

Desde el umbral de la puerta de atrás contempló los campos y al fondo la carretera y la campiña desolada más allá de la carretera. En el patio había una barbacoa improvisada con un barril de doscientos litros rajado a lo largo con un soplete y puesto sobre un armazón de hierro soldado. Unos cuantos árboles muertos en el jardín. Una cerca. Un cobertizo metálico. Se despojó de la manta que llevaba sobre los hombros y arropó al chico con ella.

Quiero que esperes aquí.

Yo quiero ir contigo.

Solo voy hasta allá a echar un vistazo. Quédate aquí sentado. Podrás verme todo el tiempo. Te lo prometeto.

Cruzó el jardín y empujó la puerta, todavía con la pistola en la mano. Era una especie de caseta. Suelo de tierra. Estantes metálicos con unas macetas de plástico. Todo cubierto de ceniza. Había herramientas de jardinería en el rincón. Un cortacésped. Un banco de madera al pie de la ventana y al lado un armarito metálico. Abrió el armario. Catálogos antiguos. Paquetes de semillas. Begonia. Dondiego de día. Se los guardó en el bolsillo. ¿Para qué? En el estante superior había dos latas de aceite para motor y se metió la pistola por el cinturón y cogió las latas y las puso encima del banco. Eran muy antiguas, hechas de cartón con cofias de metal. El aceite había empapado el cartón pero todavía parecían llenas. Retrocedió y miró desde la puerta. El chico estaba sentado en los escalones de atrás de la casa envuelto en las mantas y mirándolo a él. Cuando se dio la vuelta vio una lata de gasolina en el rincón detrás de la puerta. Sabía que no podía haber gasolina dentro pero cuando la inclinó con el pie y la hizo caer oyó un leve chapoteo. Cogió la lata y la llevó al banco e intentó desenroscar el tapón pero no pudo. Sacó los alicates del bolsillo de su chaqueta y separó las mandíbulas y probó.

Ajustaban por poco y arrancó el tapón y lo dejó encima del banco y olfateó la lata. Un olor nauseabundo. Gasolina vieja de años. Pero ardería. Volvió a colocar el tapón y se guardó los alicates en el bolsillo. Buscó algún envase más pequeño pero no había ninguno. No debería haber tirado la botella. Mirar en la casa.

Al cruzar por la hierba se sintió mareado y hubo de detenerse. Se preguntó si sería de oler la gasolina. El chico le estaba observando. ¿Cuántos días hasta la muerte? ¿Diez? No muchos más. No podía pensar. ¿Por qué se había detenido? Dio media vuelta y miró la hierba. Regresó. Tanteando el suelo con los pies. Se detuvo y dio media vuelta otra vez. Luego regresó al cobertizo. Salió con una pala de jardín y allí donde antes se había parado hincó la hoja en el suelo. Se hundió hasta la mitad y luego produjo un sonido hueco como a madera. Empezó a retirar la tierra con la pala.

Ritmo lento. Dios, qué cansado estaba. Tuvo que apoyarse en la pala. Levantó la cabeza y miró al chico. Se dobló otra vez para continuar. No mucho después ya descansaba entre palada y palada. Lo que al cabo desenterró era un trozo de contrachapado cubierto con fieltro para techos. Excavó un poco más junto a los bordes. Era una puerta de casi un metro por dos o algo menos. En un extremo tenía una aldaba con un candado sujeto mediante cinta adhesiva dentro de una bolsa de plástico. Descansó agarrándose al mango de la pala, la frente en el pliegue del brazo. Cuando levantó de nuevo la cabeza el chico estaba de pie a unos pocos pasos de él. Muy asustado. No la abras, papá, susurró.

Tranquilo.

Por favor, papá. Por favor.

No pasa nada.

Sí que pasa.

Tenía los puños cerrados sobre el pecho y botaba de puro miedo. El hombre tiró la pala y lo rodeó con sus brazos. Vamos, dijo. Nos sentaremos en el porche y descansaremos un poco.

¿Y luego nos vamos?

Descansemos un rato.

Vale.

Se sentaron envueltos en las mantas y contemplaron el patio. Estuvieron sentados mucho tiempo. Él intentó explicar al chico que allí no había nadie enterrado pero el chico rompió a llorar. Al cabo de un rato hasta él mismo pensó que el niño quizá tenía razón.

Quedémonos aquí sentados. No hace falta hablar.

Vale.

Recorrieron otra vez la casa. Encontró una botella de cerveza y un resto de cortina y rasgó un borde de la tela y lo embutió por el cuello de la botella usando un colgador. Te presento nuestra nueva lámpara, dijo.

¿Cómo la vamos a encender?

En el cobertizo he encontrado un poco de gasolina. Y también aceite. Ya te enseñaré.

Vale.

Vamos, dijo el hombre. Todo irá bien. Te lo prometo.

Pero al inclinarse para mirar la cara del chico bajo la capucha de la manta mucho se temió que algo había desaparecido para siempre, irremediablemente.

Salieron de la casa y cruzaron el patio hasta el cobertizo. Dejó la botella encima del banco y cogió un destornillador e hizo un agujero en una de las latas de aceite y luego uno más pequeño para que drenara mejor. Extrajo la mecha de la botella y llenó la botella hasta la mitad, viejo aceite lubricante monogrado, espeso y gélido, tardaba mucho en fluir. Desenroscó el tapón de la lata de gasolina y utilizó uno de los paquetes de semillas para hacer un pequeño espiche y echó gasolina en la botella y puso la yema del pulgar encima y la agitó. Luego derramó un poco en un plato de barro y cogió el trapo y volvió a meterlo en la botella presionando con el destornillador. Se sacó un pedacito de sílex del bolsillo y cogió los alicates y golpeó el pedernal contra la sierra de las mandíbulas. Después de probar un par de veces añadió más gasolina al plato. Van a salir llamas, dijo. El chico asintió con la cabeza. Rascó en el plato para producir chispa y la gasolina prendió echando llama con un bufido grave. Alcanzó la botella y la inclinó y encendió la mecha y sopló para apagar la llama del plato y le pasó al chico la botella humeante. Toma, dijo. Cógela.

¿Qué vamos a hacer?

Sostén la mano delante de la llama. No dejes que se apague.

Se puso de pie y se sacó la pistola del cinturón. Esta puerta parece como la otra, dijo. Pero no es igual. Ya sé que estás asustado. No te preocupes. Creo que ahí dentro puede haber cosas y es preciso echar una ojeada. No tenemos otro sitio adonde ir. Eso es todo. Quiero que me ayudes. Si no quieres sostener la lámpara tendrás que coger la pistola.

Prefiero la lámpara.

De acuerdo. Esto es lo que hacen los buenos. Seguir intentándolo. Jamás se rinden.

Vale.

Condujo al chico hacia el patio dejando una estela de humo negro de la lámpara. Se metió la pistola por el cinturón y agarró la pala y empezó a arrancar la aldaba del contrachapado. Hincó la pala bajo la aldaba e hizo palanca y luego se arrodilló y agarró el candado y lo retorció hasta soltarlo y lo tiró a la hierba. Levantó ligeramente la puerta haciendo palanca con la pala y metió los dedos debajo y luego se incorporó y la levantó. La tierra resbaló por las tablas. Miró al chico. ¿Estás bien?, dijo. El chico asintió sin abrir la boca, sosteniendo la lámpara ante él. El hombre abrió completamente la puerta y la dejó caer en la hierba. Una tosca escalera hecha de tablones de sesenta por metro treinta descendía hacia la oscuridad. Le cogió la lámpara al chico. Empezó a bajar por la escalera pero luego se volvió y se inclinó para dar un beso al chico en la frente.

Las paredes del búnker eran de bloque de hormigón. Un piso de cemento cubierto por baldosas de cocina. Había un par de catres de hierro con el somier al aire, arrimados a sendas paredes, las colchonetas enrolladas a los pies al estilo militar. Se dio la vuelta y miró al chico que estaba agachado allí arriba pestañeando por el humo que ascendía de la lámpara y luego bajó hasta los peldaños inferiores y se sentó y extendió el brazo con la lámpara. Dios mío, susurró. Dios mío.

¿Qué pasa, papá?

Baja. Dios mío. Baja.

Cajas y más cajas de alimentos enlatados. Tomates, melocotones, alubias, albaricoques. Jamón en lata. Cecina. Cientos de litros de agua en bidones de plástico de cuatro litros. Servilletas de papel, papel higiénico, platos de papel. Bolsas de basura de plástico llenas de mantas. Se llevó una mano a la frente. Dios mío, dijo. Se volvió y miró al chico. No hay peligro, dijo. Puedes bajar.

Papá...

Baja. Baja y mira esto.

Dejó la lámpara en el escalón y subió y cogió al chico de la mano. Vamos, dijo. No pasa nada.

¿Qué has encontrado?

De todo. Espera y verás. Lo condujo escaleras abajo y agarró la botella y sostuvo la llama en alto. Fíjate bien, dijo. Fíjate.

¿Qué es todo esto, papá?

Es comida. ¿Lo puedes leer?

Peras. Ahí dice peras.

Exacto. Eso dice, sí. Santo cielo.

La altura era la justa para poder estar de pie. Agachó la cabeza para esquivar un fanal con pantalla metálica verde que colgaba de un gancho. Sin soltar la mano del chico recorrieron las hileras de envases etiquetados. Chile, maíz, estofado, sopa, salsa para pasta. Las riquezas de un mundo desaparecido. ¿Por qué hay todo esto aquí abajo?, dijo el chico. ¿Es de verdad?

Desde luego. Es muy de verdad.

Bajó una de las cajas y la abrió con los dedos y sacó una lata de melocotón. Alguien pensó que podía necesitar todo esto.

Pero no llegó a usarlo.

No. No llegó a usarlo.

Todos se murieron.

Sí.

¿Está bien que lo cojamos nosotros?

Sí. Ellos así lo habrían querido. Igual que nosotros habríamos querido que lo usaran ellos.

¿Eran de los buenos?

Sí. Eran buenos.

Como nosotros.

Como nosotros. Sí.

Entonces no hay problema.

No. Ningún problema.

Había cuchillos y utensilios de plástico y cubiertos y herramientas de cocina en una bolsa de plástico. Un abrelatas. Había linternas pero no funcionaban. Encontró una caja de pilas eléctricas y pila secas y se puso a revolver. La mayor parte corroídas y supurando ácido pero algunas de ellas parecían en buen estado. Finalmente consiguió hacer funcionar una de las linternas y la puso encima de la mesa y apagó de un soplo la humeante llama de la lámpara. Arrancó un trozo de cartón de la caja que había abierto y apartó el humo y luego subió para bajar la trampilla y se giró y miró al chico. ¿Qué te gustaría cenar?, dijo.

Peras.

Buena elección. Que sean peras.

Cogió dos tazones de papel de un paquete envuelto en plástico y los puso encima de la mesa. Desenrolló las colchonetas para sentarse en los catres y abrió el envase de peras y sacó una lata y la puso en la mesa y sujetó la tapa con el abridor y empezó a girar la rueda. Miró al chico. El chico estaba sentado tranquilamente en el catre, todavía envuelto en su manta, observando. El hombre pensó que probablemente no se había comprometido del todo a nada de aquello. En cualquier momento uno podía despertar en el oscuro y húmedo bosque. Van a ser las mejores peras que hayas comido nunca, dijo. Las mejores. Espera y verás.

Se comieron la lata de peras sentados uno al lado del otro. Luego comieron una de melocotones. Lamieron las cucharas e inclinaron los tazones para beber el empalagoso almíbar. Se miraron.

Otra.

No quiero que vomites.

No voy a vomitar.

Hace mucho que no comes.

Ya lo sé.

Vale.

Acostó al chico en el catre y alisó sus mugrientos cabellos sobre la almohada y lo tapó con mantas. Cuando subió y levantó la puerta era casi de noche. Fue al garaje y cogió la mochila y volvió y echó un último vistazo y luego bajó los escalones y cerró la puerta y remetió un asa de los alicates en la gruesa aldaba del interior. La linterna eléctrica empezaba a perder potencia y buscó entre los pertrechos hasta que encontró unas cajas de nafta en latas de tres litros. Sacó una de las latas y la puso encima de la mesa y desenroscó el tapón y rompió el sello metálico pinchando con un destornillador. Luego descolgó la lámpara del techo y la llenó. Había encontrado antes unos mecheros de butano en una caja de plástico y utilizó uno para encender la lámpara y ajustó la llama y la volvió a colgar de su gancho. Luego se quedó sentado en el catre.

Mientras el chico dormía empezó a revisar metódicamente las provisiones. Ropa, jerséis, calcetines. Una jofaina de acero inoxidable y esponjas y pastillas de jabón. Dentífrico y cepillos de dientes. En el fondo de un tarro grande de plástico con tuercas y tornillos y cosas parecidas encontró dos puñados de krugerrands de oro dentro de un saquito de tela. Sacó las monedas y jugueteó con ellas en la mano y las miró y luego volvió a meterlas en el tarro junto con la quincalla y devolvió el tarro al estante.

Lo revisó todo, moviendo cajas de un lado de la habitación al otro. Una pequeña puerta metálica daba a una segunda habitación donde guardaban botellas de gasolina. En el rincón un retrete químico. Había en las paredes tubos de ventilación cubiertos de tela metálica y desagües en el suelo. Cada vez hacía más calor dentro del búnker y se había quitado la chaqueta. Lo miró todo con detenimiento. Encontró una caja con cartuchos del calibre 45 para Colt automática y tres cajas de munición para rifle calibre 30-30. Lo que no encontró fue un arma. Cogió la linterna y empezó a mirar en el suelo y en las paredes por si había algún compartimento secreto. Al cabo de un rato se sentó en el catre a comerse una chocolatina. No había ninguna arma y no la iba a haber.

Cuando despertó la lámpara del techo siseaba un poco. Las paredes del refugio aparecían iluminadas y otro tanto las cajas. No sabía dónde se encontraba. Estaba acostado con la chaqueta encima. Se incorporó y miró al chico que dormía en el otro catre. Se había quitado los zapatos pero tampoco se acordaba de eso y los cogió de debajo del catre y se los puso y subió la escalera y retiró los alicates de la aldaba y levantó la puerta para asomarse al exterior. Era de mañana, temprano. Miró la casa y luego miró hacia la carretera y se disponía a bajar la trampilla otra vez cuando se detuvo. La vaga luz gris estaba en el oeste. Habían dormido toda la noche y el día siguiente. Bajó la puerta y la aseguró de nuevo y volvió abajo y se sentó en el catre. Echó un vistazo a los víveres. Se había creído a un paso de morir y ahora no iba a morirse y tenía que pensar en eso. Cualquiera podía ver la trampilla en el patio y sacar conclusiones. Tenía que pensar en algo. Esto no era como esconderse en el bosque. Esto era el polo opuesto. Finalmente se levantó y fue hasta la mesa y conectó la pequeña cocina de dos fogones y la encendió y sacó una sartén y un hervidor y abrió la caja de los utensilios de cocina.

Lo que despertó al chico fue el ruido del pequeño molinillo manual de café. Se incorporó y miró a su alrededor. ¿Papá?, dijo.

Hola. ¿Tienes hambre?

He de ir al baño. Tengo pipí.

El hombre señaló con la espátula hacia la pequeña puerta metálica. No sabía cómo utilizar el inodoro pero lo utilizarían igual. No iban a estar aquí tanto tiempo y no quería abrir y cerrar la trampilla más de lo necesario. El chico pasó por su lado, el pelo apegotado de sudor. ¿Qué es eso?, dijo.

Café. Jamón. Galletas.

¡Uau!, dijo el chico.

Arrastró un pequeño baúl por el suelo entre los dos catres y lo cubrió con una toalla y puso encima platos y tazas y utensilios de plástico. Puso también un bol de galletas cubierto con una toalla de manos y un plato con mantequilla y una lata de leche condensada. Sal y pimienta. Miró al chico. El chico parecía drogado. Fue a coger la sartén y volvió y le echó en el plato un trozo de jamón dorado y le sirvió huevos revueltos de la otra sartén y unas cucharadas de alubias cocidas y luego sirvió café en las dos tazas. El chico le miró.

Adelante, dijo él. Que no se te enfríe.

¿Qué como primero?

Lo que prefieras.

¿Esto es café?

Sí. Mira. Úntate las galletas con mantequilla. Así.

Vale.

¿Te pasa algo?

No lo sé.

¿Te encuentras bien?

Sí.

Dime qué es.

¿Tú crees que deberíamos dar las gracias a esas personas?

¿Qué personas?

Las que nos han regalado todo esto.

Ah. Bueno, podríamos darles las gracias, sí.

¿Lo harás?

¿Por qué no lo haces tú?

No sé cómo.

Claro que sabes. Tú sabes cómo se dan las gracias.

El chico se quedó mirando su plato. Parecía desorientado. El hombre se disponía a hablar cuando dijo: Queridos señores, gracias por esta comida y todo lo demás. Sabemos que lo habíais guardado para vosotros y si estuvierais aquí nosotros no tocaríamos nada de nada aunque estuviéramos muertos de hambre y sentimos que no hayáis podido coméroslo vosotros y esperamos que estéis a salvo en el cielo.

Levantó la vista. ¿Así está bien?, dijo.

Sí. Creo que está bien así.

No quería estar solo en el búnker. Siguió al hombre de aquí para allá mientras él cruzaba el jardín con las jarras de agua hasta el cuarto de baño que había en la parte trasera de la casa. Llevaron consigo el hornillo y un par de cazos y él calentó agua y la echó en la bañera y echó también agua de las jarras. Le llevó mucho tiempo pero quería que el agua estuviera buena y caliente. Con la bañera casi llena el chico se desvistió y se metió tiritando en el agua y se sentó. Flaco y roñoso y desnudo. Sujetándose los hombros. La única luz era el anillo de dientes azules del fogón. ¿Qué opinas?, dijo el hombre.

Al fin caliente.

¿Al fin caliente?

Sí.

¿De dónde has sacado eso?

No lo sé.

Bueno. Al fin caliente.

Le lavó el pelo apegotado y sucio y lo enjabonó con las esponjas. Vació el agua ya asquerosa y empezó a enjuagarlo con agua recién calentada del cazo y lo envolvió tiritando en una toalla y después en una manta. Le peinó y se lo quedó mirando. Despedía vapor como si fuera humo. ¿Estás bien?, dijo.

Tengo los pies fríos.

Tendrás que esperarme.

Date prisa.

Se bañó y luego salió del agua y echó detergente en la bañera y hundió los apestosos vaqueros de ambos empujando con un desatascador. ¿Estás listo?, dijo.

Sí.

Apagó el fogón, que chisporroteó antes de extinguirse del todo, y fue a encender la linterna y la dejó en el suelo. Se sentaron sobre el borde de la bañera y se pusieron los zapatos y luego le pasó al chico el cazo y el jabón y él cogió el hornillo y el frasco de gasolina y la pistola y envueltos en las mantas regresaron al búnker.

Se sentaron en el catre con un tablero de damas entre los dos, recién vestidos con jerséis y calcetines nuevos y arrebujados en las mantas nuevas. Él había enchufado una pequeña estufa de gas y bebieron Coca-Cola en tazones de plástico y al cabo de un rato volvió a la casa y estrujó los vaqueros y regresó con ellos y los colgó a secar.

¿Cuánto tiempo podemos quedarnos, papá?

No mucho.

¿Eso cuánto es?

No lo sé. Quizá un día más. Tal vez dos.

Porque es peligroso.

Sí.

¿Crees que nos encontrarán?

No. No nos encontrarán.

Podrían encontrarnos.

No. Seguro que no nos encontrarán.

Después cuando el chico ya dormía fue a la casa y arrastró varios muebles hasta el jardín. Luego sacó un colchón y lo puso sobre la trampilla y desde dentro lo levantó sobre el contrachapado y bajó despacio la puerta de manera que el colchón la cubriera por completo. No era muy ingenioso pero más valía eso que nada. Mientras el chico dormía se sentó en el catre y a la luz de la linterna fabricó balas falsas mondando una rama con su cuchillo y las fue encajando una a una en los agujeros vacíos del tambor del revólver. Dio forma a los extremos con el cuchillo y lijó las balas con sal y las ensució de hollín hasta darles un tono como de plomo. Cuando tuvo las cinco terminadas las introdujo en los agujeros y cerró el tambor y giró el arma y la miró. Incluso tan de cerca parecía que estuviera cargada. La dejó a un lado y se levantó y fue a tocar las perneras de los vaqueros que humeaban sobre la estufa.

Tenía un puñado de vainas de cartucho vacías para la pistola pero habían desaparecido con todo lo demás. Debería habérselas guardado en el bolsillo. Había perdido incluso la última. Pensó que quizá podría recargarlas con los cartuchos del calibre 45. Los fulminantes seguramente servirían si era capaz de sacarlos sin echarlos a perder. Dar forma a las balas con el cúter. Se levantó e inspeccionó una vez más las provisiones. Luego apagó la lámpara hasta que la llama se extinguió de mala gana y fue a dar un beso al chico. Se acostó en el otro catre con las mantas limpias y echó una última ojeada a aquel pequeño paraíso que palpitaba en la luz naranja de la estufa y después se quedó dormido.

El pueblo estaba abandonado desde hacía años pero recorrieron ojo avizor las calles salpicadas de desperdicios, el chico cogido de su mano. Vieron un contenedor de basura donde alguien había intentado quemar cadáveres. La carne y los huesos carbonizados bajo la ceniza húmeda podían haber sido anónimos de no ser por la forma de los cráneos. Ya no olía a nada. Había un mercado al final de la calle y en una de las naves repletas de cajas vacías apiladas había tres carritos metálicos de supermercado. Los examinó y tiró de uno de ellos y se puso en cuclillas e hizo girar las ruedas y luego se incorporó y lo empujó pasillo arriba y luego pasillo abajo.

Podríamos coger dos, dijo el chico.

No.

Yo podría llevar uno.

Tú eres el explorador. Te necesito para que tengas los ojos bien abiertos.

¿Y todo lo que hay en el escondite?

Tendremos que llevarnos solo lo que podamos.

¿Crees que viene alguien?

Sí. Tarde o temprano vendrán.

Habías dicho que no venía nadie.
No quise decir nunca.
Ojalá pudiéramos quedarnos aquí a vivir.
Sí.
Podríamos estar alerta.
Eso hacemos.
¿Y si vinieran algunos de los buenos?
Dudo mucho que vayamos a encontrarnos de los buenos en la carretera.
Ya estamos en la carretera.
Lo sé.
Y si siempre estás alerta ¿quiere decir que todo el rato estás asustado?
Bueno. De entrada supongo que tienes que estar un poco asustado para que estés alerta. Ojo avizor. Vigilando siempre.
Pero el resto del tiempo no estás asustado.
¿El resto del tiempo?
Sí.
No lo sé. Quizá es mejor estar siempre alerta. Si las complicaciones surgen cuando menos te lo esperas entonces quizá lo más inteligente sea esperar que se presenten.
¿Y tú siempre esperas que se presenten, papá?
Sí. Pero a veces puede que me olvide de estar ojo avizor.

Sentó al chico en el baúl bajo la lámpara de gasolina y con un peine de plástico y unas tijeras empezó a cortarle el pelo. Intentó hacer un buen trabajo y eso le llevó tiempo. Cuando hubo terminado retiró la toalla que cubría los hombros del chico y recogió del suelo los dorados cabellos y le limpió al chico la cara y los hombros con un paño húmedo y le puso un espejo delante para que se mirara.
Lo has hecho muy bien, papá.
Estupendo.
Me veo muy flaco.
Estás muy flaco.

Se cortó el pelo a sí mismo pero no le salió tan bien. Se recortó la barba con las tijeras mientras calentaba agua en un cazo y luego se afeitó con una maquinilla de plástico. El chico observaba. Cuando hubo terminado se miró en el espejo. Como si no tuviera mentón. Se volvió al chico. ¿Qué tal estoy? El chico ladeó la cabeza. No sé, dijo. ¿Crees que tendrás frío?

Montaron una cena suntuosa a la luz de unas velas. Jamón y judías verdes y puré de patata y bollos y salsa. Había encontrado cuatro botellas de whisky de tres cuartos todavía en las bolsas de papel con que habrían salido de la tienda y tomó un poco en un vaso mezclado con agua. Antes de terminárselo ya estaba mareado y no bebió más. De postre comieron melocotones y bollos con nata y después tomaron café. Tiró los platos de papel y los cubiertos de plástico a una bolsa de basura. Luego hicieron una partida de damas y después acostó al chico.

Por la noche lo despertó el golpeteo amortiguado de la lluvia en el colchón que tapaba la puerta del búnker. Pensó que debía de estar lloviendo mucho para haberlo oído. Se levantó cogiendo la linterna y subió los escalones y levantó la trampilla y peinó el patio con el haz de la linterna. El suelo estaba ya anegado y la lluvia se colaba dentro. Cerró la trampilla. Se había filtrado agua y goteaba escalera abajo pero le pareció que el búnker era bastante seguro en este sentido. Fue a mirar al chico. Estaba empapado de sudor y el hombre retiró una de las mantas y le abanicó la cara y luego apagó la estufa y se metió en cama.

Cuando volvió a despertar pensó que habría dejado de llover. Pero no era eso lo que le había despertado. En sueños había sido visitado por seres de una especie que desconocía por completo. No hablaban. Pensó que se habían agazapado junto al catre mientras él dormía y que luego se habían escabullido al despertarse él. Se volvió y miró al chico. Quizá comprendía por primera vez que para el chico él también era un extraterrestre. Un ser de un planeta que ya no existía y cuyas historias eran sospechosas. No podía inventar para gusto del chico el mundo que había perdido sin inventar también dicha pérdida y pensó que quizá el niño lo sabía mejor que él mismo. Trató de recordar el sueño pero no fue capaz. Solo quedaba de él una sensación. Pensó que esos seres quizá habían venido a ponerle sobre aviso. ¿De qué? De que él no podía avivar en el corazón del niño lo que en el suyo propio eran cenizas. Incluso ahora una parte de él deseaba no haber encontrado nunca este refugio. Una parte de él siempre deseaba que todo hubiera terminado.

Comprobó que la válvula de la bombona estuviera cerrada y giró el hornillo sobre el baúl y se puso a desmontarlo. Desenroscó el panel inferior y retiró la unidad de los quemadores y desconectó los dos quemadores con una pequeña llave perico. Vació el tarro de la quincalla y buscó un tornillo que ajustara en la junta y luego lo apretó. Empalmó la manguera de la bombona y sostuvo en la mano el quemador de azófar, pequeño y liviano. Lo dejó encima del baúl y llevó la chapa metálica a la basura y subió los escalones para ver qué tiempo hacía. El colchón que tapaba la trampilla estaba empapado de agua y le costó levantar la puerta. Se quedó de pie con la puerta apoyada en los hombros y miró hacia el exterior. Llovía ligeramente. Imposible saber la hora. Miró hacia la casa y luego hacia el campo lluvioso y finalmente bajó la puerta y descendió los escalones y se puso a preparar el desayuno.

Pasaron el día comiendo y durmiendo. Tenía planeado marcharse pero la lluvia justificaba de sobra esperar un poco. El carrito de supermercado estaba en el cobertizo. Era improbable que nadie pasara hoy por la carretera. Examinaron las provisiones y seleccionaron lo que se podían llevar, haciendo con ello un cubo en un rincón del refugio. El día fue breve, apenas día. Al anochecer la lluvia había cesado y abrieron la escotilla y empezaron a acarrear cajas y paquetes y bolsas de plástico por el suelo mojado hasta el cobertizo y fueron llenando el carrito. La entrada apenas iluminada del refugio parecía en la oscuridad del patio una tumba abierta en el día del juicio en un antiguo cuadro apocalíptico. Cuando el carrito estuvo lleno del todo ajustó encima del mismo una lona de plástico y sujetó los ojales al armazón de alambre con unos pulpos cortos y se quedaron contemplando su obra con la linterna. Pensó que debería haber cogido un juego de ruedas de repuesto de los otros carros pero ya era demasiado tarde. Debería haber conservado también el espejo de moto de su carrito viejo. Cenaron y durmieron hasta que amaneció y luego se bañaron otra vez con las esponjas y se lavaron el pelo con jofainas de agua caliente. Después de desayunar y ya de día se pusieron en camino, llevando mascarillas nuevas hechas con tela de sábana, el chico en cabeza con una escoba despejando el camino de palos y ramas y el hombre doblado sobre el asa del carrito vigilando la carretera que se perdía frente a ellos en la distancia.

El carrito pesaba demasiado para meterse con él en el bosque húmedo y pararon a mediodía en medio de la carretera y prepararon té caliente y comieron lo que quedaba de jamón enlatado con unas galletas saladas y mostaza y compota de manzana. Sentados espalda contra espalda y vigilando la carretera. ¿Tú sabes dónde estamos, papá?, dijo el chico.

Más o menos.

¿Más más o más menos?

Verás, creo que estamos a unos trescientos kilómetros de la costa. A vuelo de cuervo.

¿A vuelo de cuervo?

Es una manera de hablar. Quiero decir en línea recta.

¿Y llegaremos pronto?

No mucho. Bastante. Nosotros no vamos como los cuervos.

¿Porque los cuervos no han de seguir la carretera?

Por eso mismo.

Ellos van por donde quieren.

Sí.

¿Tú crees que puede haber cuervos en alguna parte?

No lo sé.

Pero ¿qué piensas?

Que es improbable.

¿Podrían volar hasta Marte o algo así?

No, no podrían.

¿Porque es demasiado lejos?

Sí.

Ni que quisieran.

Ni que quisieran.

Y si lo intentasen y se quedaran a medio camino o así y estuvieran demasiado cansados, ¿se caerían hacia abajo?

En realidad no podrían llegar a mitad de camino porque estarían en el espacio y como en el espacio no hay aire no podrían volar y además haría demasiado frío y morirían congelados.

Ah.

De todos modos ellos no sabrían dónde está Marte.

¿Nosotros sabemos dónde está?

Más o menos.

Si tuvieramos una nave espacial ¿podríamos ir a Marte?

Bueno, con una nave realmente buena y con gente que te ayudara supongo que se podría ir.

Y una vez allí ¿habría comida y esas cosas?

No. Allí no hay nada.

Ah.

Permanecieron mucho tiempo sentados encima de las mantas dobladas, vigilando los dos sentidos de la carretera. No hacía viento. Nada. Al cabo de un rato el chico dijo: Ya no hay cuervos. ¿Verdad que no?

No.

Solo en los libros.

Sí. Solo en los libros.

No pensaba que los hubiera.

¿Estás listo?

Sí.

Se levantaron y guardaron las tazas y el resto de las galletas. El hombre apiló las mantas en lo alto del carrito y aseguró la lona y luego miró al chico. ¿Qué?, dijo el chico.

Sé que pensabas que nos íbamos a morir.

Ya.

Pero no ha sido así.

No.

Vale.

¿Puedo hacerte una pregunta?

Claro.

Si fueras un cuervo ¿podrías volar tan alto como para ver el sol?

Sí que podrías.

Eso pensaba yo. Sería estupendo.

Desde luego. ¿Preparado?

Sí.

Se detuvo. ¿Y tu flauta?

La tiré.

¿La tiraste?

Sí.

Vale.

Vale.

En el crepúsculo largo y gris cruzaron un río y se detuvieron y desde la baranda de hormigón contemplaron el agua muerta pasar despacio por debajo. Esbozada sobre el palio de hollín corriente abajo el perfil de una ciudad quemada como un lienzo de papel negro. La vieron de nuevo al anochecer empujando el pesado carrito cuesta arriba y pararon a descansar y el hombre puso el carrito de costado para impedir que rodaba hacia abajo. Tenían ya las mascarillas grises en la boca y los ojos ribeteados de negro. Se sentaron en las cenizas de la cuneta y miraron hacia el este donde la forma de la ciudad se oscurecía al caer la noche. No vieron ninguna luz.

¿Crees que hay alguien allí, papá?

No lo sé.

¿Cuándo podremos parar?

Ya hemos parado.

¿Aquí en la colina?

Podemos bajar el carrito hasta esas rocas y cubrirlo con ramas.

¿Es un buen sitio para parar?

Bueno, a la gente no le gusta parar en una colina. Y a nosotros no nos gusta que la gente pare.

Entonces es un buen sitio.

Eso creo.

Porque somos listos.

Bueno, no nos pasemos de listos.

Vale.

¿Preparado?

Sí.

El chico se levantó y cogió la escoba y se la puso al hombro. Miró a su padre. ¿Qué objetivos tenemos a largo plazo?, dijo.

¿Qué?

Que cuáles son nuestros objetivos a largo plazo.

¿Dónde has oído tú eso?

No lo sé.

No, dime.

Tú lo dijiste.

¿Cuándo?

Hace mucho.

¿Y qué te respondí?

No sé.

Ya. Pues yo tampoco. Vamos. Está anocheciendo.

Al día siguiente cuando estaban doblando un recodo de la carretera el chico se detuvo y puso su mano sobre el carro. Papá, susurró. El hombre levantó la vista. Una silueta pequeña a lo lejos en la carretera, doblada y arrastrando los pies.

Se quedó apoyado en el asa del carrito. Vaya, dijo. ¿Quién será?

¿Qué tendríamos que hacer, papá?

Podría tratarse de un señuelo.

¿Qué vamos a hacer?

Sigamos andando. Así veremos si se da la vuelta.

Vale.

El viajero no estaba como para mirar atrás. Lo siguieron durante un rato y luego lo alcanzaron. Era un viejo, menudo y encorvado. Llevaba a la espalda un viejo morral militar con una colchoneta atada encima y tanteaba el suelo con un palo descortezado a guisa de bastón. Cuando los vio se desvió hacia un lado de la carretera y se quedó cautelosamente allí de pie. Llevaba una toalla mugrienta atada bajo la mandíbula como si tuviera dolor de muelas e incluso para lo normal en este nuevo mundo olía que apestaba.

No tengo nada, dijo. Podéis mirar si queréis.

No somos ladrones.

Inclinó una oreja al frente. ¿Qué?, dijo en voz alta.

Que no somos ladrones.

¿Qué sois?

Ellos no tenían manera de responder. Se frotó la nariz con el dorso de la muñeca y aguardó. No llevaba zapatos y sus pies estaban mal envueltos en harapos y cartón atados con bramante verde y por los rasgones y los agujeros asomaba una serie de capas de tela cochambrosa. De golpe y porrazo pareció menguar todavía más. Apoyándose en el bastón se sentó entre las cenizas de la carretera con una mano en lo alto de la cabeza. Parecía recién caído de la carreta de un trapero. Se acercaron a él y se lo quedaron mirando. Señor, dijo el hombre. ¿Señor?

El chico se acuclilló y le puso una mano en el hombro. Tiene miedo, papá. Este hombre tiene miedo.

Miró en ambas direcciones de la carretera. Si esto es una emboscada el primero que caerá es él, dijo.

Solo está asustado, papá.

Dile que no le haremos daño.

El viejo meneó la cabeza de lado a lado, los dedos remetidos en el pelo asqueroso. El chico levantó la vista hacia su padre.

Quizá cree que no somos de verdad.

¿Qué cree que somos, entonces?

No lo sé.

No podemos quedarnos aquí. Vamos.

Está asustado, papá.

Es mejor que no le toques.

Podríamos darle algo de comer.

Se quedó mirando carretera abajo. Maldita sea, masculló. Miró al viejo. Quizá se convertía en un dios y ellos en árboles. Está bien, dijo.

Desató la lona y la dobló sin quitarla del todo y se puso a hurgar entre las latas de comida y eligió una de macedonia y la abrió con el abrelatas que llevaba en el bolsillo y retiró la tapa hacia atrás y se acercó a ellos y se puso en cuclillas y le pasó la lata al chico.

¿Y la cuchara?

Que se apañe sin cuchara.

El chico cogió la lata y se la pasó al viejo. Tome, susurró.

El viejo alzó los ojos y miró al chico. El chico le indicó que cogiera la lata. Parecía alguien tratando de dar de comer a un buitre tirado en la carretera. No le pasará nada, dijo.

El viejo bajó la mano que tenía sobre la cabeza. Parpadeó. Ojos azul gris medio sepultados en las finas arrugas fuliginosas de su piel.

Cójala, dijo el chico.

Alargó una de sus manos como garras y la cogió y la sostuvo a la altura del pecho.

Coma, dijo el chico. Está rico. Hizo gestos de llevarse la lata a la boca. El viejo se la quedó mirando. Luego asió mejor la lata y se la acercó a la nariz y olió. Finalmente la inclinó para beber. El jugo resbaló por su barba mugrienta. Bajó la lata masticando con dificultad. Sacudió la cabeza al tragar. Mira, papá, susurró el chico.

Ya veo, dijo el hombre.

El chico se volvió para mirarlo.

Sé cuál es la pregunta, dijo el hombre. La respuesta es no.

¿Cuál es la pregunta?

Si podemos llevarlo con nosotros. No podemos.

Ya lo sé.

Lo sabes.

Sí.

Muy bien.

¿Podemos darle algo más?

Veamos qué tal le va con eso.

Lo vieron comer. Cuando hubo terminado se quedó con la lata vacía en la mano y mirando en su interior como si pudiera aparecer algo más.

¿Qué quieres darle?

¿Tú qué crees que le podríamos dar?

Yo no creo que haya que darle nada. ¿Qué quieres darle tú?

Podríamos cocinar algo en el hornillo. Podría comer con nosotros.

Hablas de parar aquí. A pasar la noche.

Sí.

Miró al viejo y luego miró la carretera. De acuerdo, dijo. Pero mañana seguimos nuestro camino.

El chico no respondió.

No vas a sacar nada mejor.

Vale.

Vale significa vale. No que mañana sigamos negociando.

¿Qué es negociar?

Quiere decir hablarlo un poco más y llegar a otro acuerdo. No habrá otro acuerdo. Esto es lo que hay.

Vale.

Vale.

Ayudaron al viejo a levantarse y le dieron su bastón. Pesaba poco más de cuarenta kilos. Se quedó allí mirando indeciso a su alrededor. El hombre le cogió la lata y la lanzó al bosque. El viejo intentó pasarle el bastón pero él se lo apartó. ¿Desde cuándo no comía?, dijo.

No lo sé.

No se acuerda.

Acabo de comer.

¿Quiere comer con nosotros?

No sé.

¿No sabe?

¿Comer qué?

Un poco de estofado. Con galletas saladas. Y café.

¿Qué tengo que hacer?

Decirnos adónde se ha ido el mundo.

¿Cómo?

No tiene que hacer nada. ¿Puede andar bien?

Puedo andar.

Miró al chico. ¿Eres un niño?, dijo.

El chico miró a su padre.

¿Qué le parece que es?, dijo su padre.

No lo sé. No veo muy bien.

¿Me ve a mí?

Sé que ahí hay alguien.

Bien. Tenemos que ponernos en marcha. Miró al chico. No le cojas la mano, dijo.

Es que no ve.
No le cojas la mano. En marcha.
¿Adónde vamos?, dijo el viejo.
Vamos a comer.
Asintió con la cabeza y alargó el brazo del bastón y tanteó la carretera.
¿Cuántos años tiene?
Noventa.
No es verdad.
Bueno.
¿Es eso lo que le dice a la gente?
¿A qué gente?
A quien sea.
Sí. Supongo.
¿Para que no le hagan daño?
Sí.
¿Y funciona?
No.
¿Qué lleva en el morral?
Nada. Puede mirar.
Ya sé que puedo. ¿Qué hay dentro?
Nada. Cosas.
Nada comestible.
No.
¿Cómo se llama?
Ely.
Ely qué más.
¿Qué pasa con Ely?
Nada. Vamos.

Vivaquearon en el bosque demasiado cerca de la carretera para su gusto. Tuvo que arrastrar el carrito mientras el chico lo guiaba desde atrás y encendieron fuego para que el viejo se calentara aunque eso tampoco le gustó demasiado. Comieron y el viejo se quedó allí sentado envuelto en su solitaria colcha y asiendo la cuchara como un niño. Solo tenían dos tazas y se bebió el café en el mismo tazón que había usado para comer, los pulgares montados sobre el borde. Sentado como un buda famélico y roñoso, la mirada fija en las brasas.

No puede venir con nosotros, ¿sabe?, dijo el hombre.

El viejo asintió.

¿Cuánto tiempo ha estado en la carretera?

Siempre estuve en la carretera. No te puedes quedar en un solo sitio.

¿Y cómo vive?

Voy tirando. Sabía que esto iba a pasar.

¿Sabía que iba a pasar?

Sí. Esto o algo parecido. Siempre creí en ello.

¿Intentó prepararse?

No. ¿Qué se podía hacer?

No lo sé.

La gente siempre se afanaba para el día de mañana. Yo no creía en eso. Al mañana le traía sin cuidado. Ni siquiera sabía que la gente estaba ahí.

Imagino que no.

Aunque supieras qué hacer luego no sabrías qué hacer. No sabrías si querías hacerlo o no. ¿Y si no quedaba nadie más que tú? ¿Y si te hacías eso a ti mismo?

¿Usted desearía morir?

No. Pero quizá desearía haber muerto entonces. Cuando estás vivo siempre tienes la muerte ahí delante.

O quizá desearía no haber nacido nunca.

Bueno. Un mendigo no puede elegir.

Piensa que eso sería pedir demasiado.

Lo hecho hecho está. Además, es estúpido pedir lujos en tiempos como estos.

Tiene razón.

Nadie quiere estar aquí y nadie quiere marcharse. Levantó la cabeza y miró al chico que estaba al otro lado del fuego. Luego miró al hombre. A la luz de la lumbre el hombre vio que sus ojillos le observaban. Sabe Dios qué vieron aquellos ojos. Se levantó para echar más leña al fuego y apartó los rescoldos de las hojas secas. Las chispas ascendieron en roja sacudida y murieron más arriba en la negrura. El viejo apuró su café y dejó el tazón delante de él y se inclinó con las palmas de las manos hacia el calor. El hombre le observó. ¿Cómo lo sabría si fuese el último hombre sobre la Tierra?, dijo.

No creo que pudiera saberlo. Lo sería y ya está.

Nadie lo sabría.

Eso no tendría ninguna importancia. Cuando mueres es como si todo el mundo se muriera también.

Supongo que Dios sí lo sabría, ¿no?

Dios no existe.

¿No?

Dios no existe y nosotros somos sus profetas.

No comprendo cómo sigue usted con vida. ¿Cómo se alimenta?

No lo sé.

¿Que no lo sabe?

La gente te da cosas.

La gente le da cosas.

Sí.

Para comer.

Sí. Para comer.

No es verdad.

Vosotros lo habéis hecho.

Yo no. Ha sido el chico.

Hay otras personas en la carretera. No sois los únicos.

¿Está solo?

El hombre le miró con cautela. ¿A qué se refiere?, dijo.

¿Hay otras personas con usted?

¿Qué personas?

Las que sean.

No hay nadie más. ¿De qué me habla?

Hablo de usted. De lo que podría estar tramando.

El viejo no respondió.

Me figuro que quiere seguir con nosotros.

Seguir.
Sí.
No me vais a llevar con vosotros.
Usted no quiere ir.
Ni siquiera habría venido hasta aquí pero estaba hambriento.
La gente que le daba comida, ¿dónde está?
No hay tal gente. Me lo he inventado.
¿Qué más se ha inventado?
Estoy en la carretera igual que vosotros. No hay diferencia.
¿De verdad se llama Ely?
No.
No quiere decir cómo se llama.
No. No quiero.
¿Por qué?
Porque no me fío de lo que pueda hacer con eso. No quiero que nadie hable de mí. Que diga dónde estuve o lo que dije cuando estaba allí. Sí, podría hablar de mí quizá, pero nadie podría decir que era yo. Podría ser cualquiera. Yo creo que en tiempos como estos cuanto menos se diga mejor. Si hubiera pasado algo y nosotros fuéramos los supervivientes y nos encontráramos en la carretera entonces tendríamos algo de que hablar. Pero no lo somos. Así que no tenemos.
Puede que no.
Pero no quiere decirlo delante del chico.
¿No es un señuelo para una pandilla de bandidos?
Yo no soy nada. Si quiere que me marche me iré. Puedo encontrar la carretera.
No hace falta que se marche.
No había visto un fuego en mucho tiempo, eso es todo. Vivo como un animal. Ni le cuento las cosas que he llegado a comer. Cuando vi al chico creí que me había muerto.
¿Pensó que era un ángel?
No sabía qué era. Pensaba que nunca volvería a ver un niño. No sabía qué iba a pasar.
¿Y si le dijera que es un dios?

El viejo sacudió la cabeza. Yo ya he superado todo eso. Hace muchos años. Donde los hombres no pueden vivir a los dioses no les va mucho mejor. Es preferible estar solo. O sea que espero que no sea verdad eso que ha dicho porque coincidir en la carretera con el último dios sería terrible y por eso confío en que no sea verdad. Las cosas mejorarán cuando todo el mundo haya desaparecido.

¿Desaparecerán todos?

Seguro que sí.

¿Mejor para quién?

Para todos.

Todos.

Claro. Así estaremos mejor. Podremos respirar más libremente.

Eso no vendría mal.

Desde luego. Cuando todos hayamos desaparecido entonces al menos no quedará nadie aquí salvo la muerte y sus días también estarán contados. En medio de la carretera sin nada que hacer y nadie a quien hacérselo. Dirá la muerte: ¿Adónde se han ido todos? Y así es como será. ¿Qué hay de malo?

Por la mañana en la carretera él y el chico discutieron sobre qué darle al viejo. Al final no obtuvo gran cosa. Unas latas de verduras y de fruta. Finalmente el chico fue hasta al borde de la calzada y se sentó en las cenizas. El viejo metió las latas en su mochila y apretó las correas. Debería darle las gracias al chico, ¿sabe?, dijo el hombre. Yo no le habría dado nada.

Quizá debería y quizá no.

¿Por qué no?

Yo no le hubiera dado nada mío.

¿No le importa que eso hiera sus sentimientos?

¿Herirá sus sentimientos?

No. No es por eso por lo que lo ha hecho.

¿Por qué lo ha hecho?

Miró hacia donde estaba el chico y luego miró al viejo. No lo entendería, dijo. Yo mismo no estoy seguro de entenderlo.

Quizá el chico cree en Dios.

No sé en qué cree.

Lo superará.

No. No lo superará.

El viejo no respondió. Echó un vistazo al día.

Tampoco nos deseará suerte, ¿verdad?, dijo el hombre.

No sé qué significado tendría eso. Qué pinta tendría la suerte. ¿Quién podría saber una cosa así?

Siguieron todos su camino. Cuando miró atrás el viejo había echado a andar, tanteando el camino con su bastón, menguando lentamente en la carretera como un vendedor ambulante de tiempos remotos, oscuro y encorvado y fino como una araña para esfumarse pronto para siempre. El chico no volvió la vista atrás en ningún momento.

A primera hora de la tarde extendieron la lona en la carretera y se sentaron a comer un almuerzo frío. El hombre le observó. ¿Hablas?, dijo.

Sí.

Pero no estás contento.

Estoy bien.

Cuando nos quedemos sin comida tendrás más tiempo para pensar en ello.

El chico no dijo nada. Siguieron comiendo. Miró hacia la carretera. Al cabo de un rato dijo: Ya. Pero no lo recordaré igual que lo recuerdas tú.

Es probable.

No he dicho que no tuvieras razón.

Aunque lo pensaras.

No pasa nada.

Ya, dijo el hombre. Bueno. En la carretera no abundan las buenas noticias. En tiempos como estos...

No deberías burlarte de él.

De acuerdo.
Se va a morir.
Lo sé.
¿Podemos irnos ahora?
Sí, dijo el hombre. Podemos.

Se despertó tosiendo por la noche en la fría oscuridad y tosió hasta sentir el pecho en carne viva. Se inclinó hacia la lumbre y sopló en los rescoldos y puso más leña y se levantó y se alejó del campamento hasta donde alcanzaba la luz. Arrodillado en las hojas y la ceniza secas con la manta sobre los hombros al cabo de un rato la tos empezó a amainar. Pensó en el viejo solo en alguna parte. Miró hacia el campamento a través de la negra empalizada de los árboles. Confiaba en que el chico se hubiera vuelto a dormir. Permaneció arrodillado respirando como un asmático, la manos en las rodillas. Me voy a morir, dijo. Dime cómo tengo que hacerlo.

Al día siguiente caminaron casi hasta que se hizo de noche. No encontraba un sitio seguro donde encender fuego. Al sacar la bombona del carrito le pareció que pesaba poco. Se sentó y giró la válvula pero la válvula ya estaba abierta. Giró el pequeño mando del quemador. Nada. Pegó la oreja y escuchó. Probó de nuevo las dos válvulas y sus combinaciones. La bombona estaba vacía. Se quedó en cuclillas con las manos juntas contra la frente, cerrados los ojos. Al rato levantó la cabeza y se quedó allí contemplando sin más el frío bosque que se oscurecía.

Cenaron torta de maíz y alubias y frankfurts de una lata, todo frío. El chico le preguntó cómo era que la bombona se había vaciado tan pronto pero él dijo que esas cosas pasaban.
Dijiste que duraría varias semanas.

Ya.

Pero solo ha durado unos días.

Me equivoqué.

Comieron en silencio. Al cabo de un rato el chico dijo: Me olvidé yo de cerrar la válvula, ¿no?

No es culpa tuya. Debería haberlo comprobado.

El chico dejó su plato encima de la lona y apartó la vista.

No es culpa tuya. Hay que cerrar las dos válvulas. Las roscas tenían que haber estado selladas con teflon para que no perdiera gas y yo no lo hice. La culpa es mía. Por no decirte nada.

De todas formas no teníamos teflón, ¿verdad?

No es culpa tuya.

Siguieron avanzando a marchas forzadas, esqueléticos e inmundos como adictos callejeros. Cubiertos con las mantas contra el frío y echando un aliento humoso, abriéndose paso por los negros y sedosos montones de nieve. Estaban atravesando la amplia llanura costera donde los vientos seculares los empujaban entre aullantes nubes de ceniza a buscar refugio donde pudieran. En casas o graneros o metidos en una zanja al borde de la carretera con las mantas por encima de la cabeza y el cielo a mediodía negro como las bodegas del infierno. Abrazó al chico contra su pecho, helado hasta los huesos. No te desanimes, dijo. Saldremos de esta.

Una tierra destripada y erosionada y árida. Huesos de seres muertos desparramados en los aguazales. Basurales de desperdicios anónimos. En los campos casas de labor con la pintura agrietada y las tablas de las paredes ahuecadas y sueltas de sus tachuelas. Todo ello desprovisto de sombras y de características. La carretera descendía a través de una selva de kudzú muerto. Una ciénaga donde las cañas yacían muertas sobre el agua. Más allá de la linde de los campos la mustia bruma flotaba por igual sobre tierra y cielo. A media tarde había empezado a nevar y siguieron caminando con la lona encima de ellos y la nieve mojada siseando en el plástico.

Dormía poco desde hacía semanas. Cuando se despertó por la mañana el chico no estaba y se incorporó empuñando la pistola y luego se puso de pie y le buscó pero el chico no estaba a la vista. Se calzó los zapatos y caminó hasta el borde de los árboles. Por el este un sombrío amanecer. El sol extraño iniciando su fría trayectoria. Vio que el chico venía corriendo por los campos. Papá, llamó. Hay un tren en el bosque.

¿Un tren?

Sí.

¿Un tren de verdad?

Sí. Vamos.

No habrás ido hasta allí, ¿verdad?

No. Solo un trocito. Vamos.

¿No hay nadie?

No. Creo que no. Venía a buscarte.

¿Lleva máquina?

Sí. Una diésel muy grande.

Atravesaron el campo y penetraron en el bosque que había al otro lado. La vía bajaba de la región por una pendiente peraltada y cruzaba el bosque. La locomotora era una diésel eléctrica y tenía detrás ocho vagones de pasajeros de acero inoxidable. Agarró al chico de la mano. Sentémonos aquí a vigilar, dijo.

Se sentaron en el terraplén y esperaron. No se movía nada. Le pasó la pistola al chico. Quédatela tú, papá, dijo el chico.

No. Ese no era el trato. Toma.

Cogió la pistola y se quedó sentado con ella en el regazo y el hombre enfiló el sendero y se quedó de pie mirando el tren. Después cruzó la vía y estudió los vagones desde el otro lado. Cuando hubo llegado al final y emergió por detrás del último vagón hizo señas al chico y el chico se levantó y se metió la pistola en el cinturón.

Todo estaba cubierto de ceniza. Los pasillos llenos de papeles. Sobre los asientos maletas abiertas que habían sido bajadas de los portaequipajes y desvalijadas hacía tiempo. En el coche salón encontró unos platos de papel y sopló para quitarles el polvo y se los guardó en la parka y eso fue todo.

¿Cómo llegó hasta aquí, papá?

No lo sé. Imagino que alguien lo llevaba hacia el sur. Un grupo de personas. Seguramente se quedaron sin combustible.

¿Y hace mucho tiempo que está aquí?

Sí, eso creo. Bastante tiempo.

Miraron en el último de los vagones y luego siguieron la vía hasta la locomotora y se subieron a la pasarela. Herrumbre y pintura descamada. Entraron en la cabina y el hombre sopló la ceniza que tapizaba el asiento del maquinista y puso al chico a los mandos. Los mandos eran muy sencillos. Poca cosa aparte de empujar hacia delante la manija de admisión. Hizo ruidos de tren y de sirena diésel pero no estaba seguro de qué podían significar para el chico esos ruidos. Pasado un rato se quedaron sin más frente al parabrisas cubierto de cieno mirando hacia donde la vía torcía para perderse en la fosca. Si vieron mundos diferentes sus conclusiones fueron las mismas. Que el tren se iría descomponiendo a perpetuidad y que ningún tren volvería a funcionar jamás.

¿Podemos irnos, papá?

Sí. Claro que podemos.

Empezaron a encontrar junto a la carretera algún que otro pequeño mojón de piedras. Eran señales en idioma gitano, pateranes perdidos. El primero que veía en bastante tiempo, comunes en el norte a medida que salías de las ciudades saqueadas y exhaustas, mensajes sin esperanza para seres queridos desaparecidos o muertos. Todas las provisiones de comida se habían agotado ya y el asesinato reinaba en la región. El mundo al poco tiempo poblado mayormente por hombres que se comían a tus hijos ante tus propios ojos y las ciudades en poder de bandas de atezados saqueadores que abrían túneles en las ruinas y salían reptando de los escombros blancos de dientes y ojos con bolsas de malla repletas de latas chamuscadas y anónimas como compradores salidos de los economatos del infierno. El blando talco negro barría las calles cual tinta de calamar desparramándose por un lecho marino y el frío se pegaba al suelo y oscurecía temprano y los carroñeros al pasar con sus antorchas por los escarpados desfiladeros dejaban en la ceniza hoyos como de seda que se cerraban silenciosamente a su paso como ojos. En las carreteras los peregrinos se derrumbaban y caían y morían y la tierra yerma y amortajada iba rodando hasta el otro lado del sol y regresaba sin dejar huella y tan inadvertida como la trayectoria de cualquier mundo hermano sin nombre en las inmemoriales tinieblas de más allá.

Mucho antes de llegar a la costa sus provisiones estaban ya casi agotadas. La región había quedado arrasada hacía años y no hallaron nada en las casas y edificios lindantes con la carretera. Encontró un listín telefónico en una estación de servicio y anotó el nombre de la población a lápiz en el mapa. Se sentaron en el bordillo frente al edificio y comieron galletas saladas y buscaron la población pero no pudieron encontrarla. Volvió a buscar en las páginas sueltas. Finalmente se lo mostró al chico. Estaban unos ochenta kilómetros al oeste de donde él había creído. Dibujó figuras como palos en el mapa. Estos somos nosotros, dijo. El chico trazó la ruta hasta el mar con el dedo. ¿Cuánto tardaremos en llegar ahí?, dijo

Dos semanas. Quizá tres.

¿Es azul?

¿El mar? No lo sé. Antes lo era.

El chico asintió con la cabeza y se quedó mirando el mapa. El hombre le observó. Creía saber de qué se trataba. Él había mirado mapas de niño, poniendo el dedo sobre el pueblo donde vivía. Igual que buscaba el apellido de su familia en el listín de teléfonos. Ellos entre muchos otros, cada cosa en su sitio. Justificados en el mundo. Vamos, dijo. Deberíamos irnos.

A media tarde empezó a llover. Dejaron la carretera y tomaron un camino de tierra a través de un campo y pernoctaron en un cobertizo. El cobertizo tenía suelo de cemento y al fondo había unos bidones metálicos vacíos. Atrancó la puerta con los bidones y encendió lumbre en el suelo e improvisó camas con unas cajas de cartón aplastadas. La lluvia tamborileó toda la noche sobre el tejado metálico. Cuando se despertó el fuego se había extinguido y hacía mucho frío. El chico estaba incorporado, cubierto con su manta.

¿Qué ocurre?

Nada. He tenido una pesadilla.

¿Qué era lo que soñabas?

Nada.

¿Estás bien?

No.

Lo rodeó con sus brazos y lo estrechó. Tranquilo, dijo.

Estaba llorando. Pero tú no te despertabas.

Lo siento. Es que estoy muy cansado.

Quiero decir en el sueño.

Cuando despertó ya de mañana había dejado de llover. Escuchó el calmoso gotear del agua. Cambió de postura sobre el duro suelo y miró hacia el campo gris a través de los listones.

El chico todavía dormía. El agua había formado charcos en el suelo. Pequeñas burbujas aparecían y patinaban y se extinguían. En un pueblo de las tierras bajas habían dormido en un sitio parecido y escuchado la lluvia. Había allí un anticuado *drugstore* con un mostrador de mármol negro y taburetes cromados con los gastados asientos de plástico remendados con cinta aislante. La farmacia había sido saqueada pero la tienda en sí estaba curiosamente intacta. En los estantes había material electrónico que nadie había tocado. Se quedó de pie examinando el lugar. Cosas varias. Artículos de mercería. ¿Qué es esto? Cogió al chico de la mano y se lo llevó afuera pero el chico ya lo había visto. Una cabeza humana cubierta por una campana de vidrio al extremo del mostrador. Disecada. Con una gorra de béisbol. Ojos resecos vueltos tristemente hacia dentro. ¿Había soñado esto? No. Se levantó y se puso de rodillas para soplar en los rescoldos y sacó las puntas de tabla quemadas y consiguió avivar el fuego otra vez.

Hay más, de los buenos. Tú lo dijiste.
Sí.
¿Y dónde están?
Escondidos.
¿De qué se esconden?
Unos de otros.
¿Son muchos?
No lo sabemos.
Pero algunos hay.
Sí. Algunos.
¿Es verdad eso?
Sí. Es verdad.
Pero podría no serlo.
Yo creo que lo es.
Vale.
No me crees.
Sí te creo.

Vale.

Yo siempre te creo.

Me parece que no.

Claro que sí. Tengo que creerte.

Regresaron caminando por el barro a la carretera principal. En el aire olor a tierra y a ceniza mojada. Agua oscura en las cunetas. Saliendo de una alcantarilla de hierro a un charco. En un jardín ciervos de plástico. Al atardecer del día siguiente llegaron a un pueblo donde tres hombres salieron de detrás de un camión y se plantaron en mitad de la calle. Chupados, vestidos con harapos. Empuñando trozos de tubería. ¿Qué lleváis en la cesta? Los apuntó con el revólver. Se quedaron quietos. El chico agarrado a su chaqueta. Nadie decía nada. Echó a andar empujando el carrito y los hombres se apartaron. Hizo que el chico se encargara del carrito y caminó de espaldas sin dejar de apuntarles. Trataba de parecer un nómada asesino cualquiera pero el corazón le latía con violencia y supo que iba a ponerse a toser. Ellos volvieron poco a poco a la calle y se quedaron mirando. Se guardó la pistola por dentro del cinturón y dio media vuelta y cogió el carrito. Al final de la cuesta cuando se volvió para mirar los hombres estaban allí parados todavía. Le dijo al chico que empujara el carro y él se metió por un jardín desde donde poder ver calle abajo pero ya no estaban. El chico tenía mucho miedo. Puso la pistola encima de la lona y cogió el carrito y siguieron adelante.

Se ocultaron en un campo hasta que oscureció pero no pasó nadie por la carretera. Hacía mucho frío. Cuando ya era casi de noche cogieron el carrito y salieron de nuevo a la carretera y sacó las mantas y se envolvieron en ellas y siguieron adelante. Tanteando el pavimento con los pies. Una de las ruedas del carrito había empezado a chirriar periódicamente pero no se podía hacer nada. Se esforzaron varias horas más y luego atravesaron a trancas y barrancas el matorral al borde del camino y se acostaron tiritando y extenuados en el frío suelo y durmieron hasta que se hizo de día. Cuando despertó el hombre estaba enfermo.

Tenía calentura y se escondieron en el bosque como fugitivos. No había dónde encender fuego. Ningún sitio seguro. El chico permanecía sentado en la hojarasca observándole. Al borde del llanto. ¿Te vas a morir, papá?, dijo. ¿Te vas a morir?

No. Solo he caído enfermo.

Estoy muy asustado.

Lo sé. No te preocupes. Me pondré bien. Ya lo verás.

Sus sueños se animaron. El mundo olvidado reapareció. Parientes fallecidos hacía mucho tiempo irrumpían en sus sueños y le lanzaban chocantes miradas de soslayo. Ninguno decía nada. Pensó en su vida. Hacía tanto tiempo... Un día gris en una ciudad extranjera mirando la calle asomado a una ventana. A su espalda sobre una mesa de madera ardía una lámpara pequeña. En la mesa libros y papeles. Había empezado a llover y en la esquina un gato daba media vuelta y cruzaba la acera y se instalaba bajo el toldo de la cafetería. Había allí una mujer sentada a una mesa, la cabeza entre las manos. Años después había estado en las ruinas calcinadas de una biblioteca donde los libros yacían renegridos en charcos de agua. Los estantes volcados. Rabia contra las mentiras dispuestas en millares de hileras sucesivas. Cogió uno de los libros y pasó las páginas tan hinchadas. Él no hubiera dado valor a la más mínima cosa basada en un mundo futuro. Le sorprendió. Que el espacio que dichas cosas ocupaban fuera en sí mismo una expectativa. Dejó caer el libro y echó un último vistazo alrededor y salió a la fría luz gris.

Tres días. Cuatro. Dormía mal. La tos lo despertaba. El aire entrando áspero en sus pulmones. Lo siento, dijo a la implacable oscuridad. No pasa nada, dijo el chico.

Consiguió encender la pequeña lámpara de petróleo y la dejó apoyada en una roca y se levantó y caminó arrastrando los pies por la hojarasca arropado en las mantas. El chico le dijo en susurros que no se marchara. Solo hasta ahí mismo, dijo él. No voy lejos. Te oiré si me llamas. Si la lámpara se apagaba no podría encontrar el camino de vuelta. Se sentó en la hojarasca al llegar a lo alto de la loma y escrutó la negrura. Nada que ver. Sin viento. Antiguamente cuando daba un paseo así y se sentaba a contemplar el campo apenas visible como ahora allí donde la luna perdida surcaba la tierra cauterizada, a veces veía una luz. Tenue y sin forma definida en las tinieblas. Al otro lado de un río o metida en los ennegrecidos cuadrantes de una ciudad quemada. A veces por la mañana volvía con unos prismáticos y buscaba alguna señal de humo en la campiña pero nunca vio ninguna.

En el lindero de un campo en invierno entre hombres rudos. La edad del chico ahora. O un poco mayor. Observando cómo abrían el rocoso suelo de la ladera con pico y azadón y exhumaban toda una papilla de serpientes, quizá un centenar. Reunidas allí para darse calor unas a otras. Aquellos tubos pálidos empezando a moverse perezosamente a la fría y dura luz. Como intestinos de alguna bestia enorme expuestos al día. Los hombres les echaron gasolina encima y las quemaron vivas, no teniendo ningún remedio para el mal sino solo para la imagen del mismo tal como ellos lo concebían. Las serpientes inmoladas se retorcían horriblemente y algunas cruzaban el suelo de la gruta iluminando con sus cuerpos en llamas los lugares más recónditos. Dado que eran mudas no hubo gritos de dolor y los hombres en un silencio similar las vieron arder y contorsionarse y volverse negras y en silencio se dispersaron en el crepúsculo invernal cada cual con sus pensamientos camino de la casa y la cena respectivas.

Una noche el chico despertó de un sueño y no quiso decirle qué había soñado.

No tienes por qué contármelo, dijo el hombre. No pasa nada.

Estoy asustado.

No pasa nada.

Sí que pasa.

Es solo un sueño.

Estoy muy asustado.

Ya lo sé.

El chico se dio la vuelta. El hombre lo abrazó. Escúchame, dijo.

Qué.

Cuando sueñes con un mundo que nunca existió o con un mundo que no existirá y estés contento otra vez entonces te habrás rendido. ¿Lo entiendes? Y no puedes rendirte. Yo no lo permitiré.

Cuando partieron de nuevo él estaba muy débil y pese a todos sus discursos se sentía más desanimado de lo que se había sentido en muchos años. Nauseabundo de diarrea, apoyándose en el asa del carrito de supermercado. Miró al chico con los ojos hundidos en su rostro macilento. Una nueva distancia entre los dos. Lo percibía. Al cabo de dos días llegaron a una región donde las tormentas de fuego habían dejado a su paso kilómetros y kilómetros de tierra quemada. En la calzada una costra de ceniza de varios centímetros de espesor y difícil avanzar con el carro. Debajo el asfalto se había abombado con el calor y vuelto a posarse otra vez. Se apoyó en el asa y miró la larga recta que se perdía en la distancia. Los árboles delgados. Los ríos un cieno gris. La tierra como un espantapájaros renegrido.

Pasado un cruce de caminos en aquel yermo empezaron a encontrar posesiones que los viajeros habían abandonado años atrás en la carretera. Cajas y bolsas. Todo derretido y negro. Viejas maletas de plástico retorcidas y deformes por el calor. Aquí y allá el huecograbado de cosas arrancadas del alquitrán por los carroñeros. Como un kilómetro más adelante empezaron a ver los muertos. Figuras medio atascadas en el asfalto, agarradas a sí mismas, las bocas aullantes. Puso una mano en el hombro del chico. Cógeme la mano, dijo. No creo que debas ver esto.

¿Porque lo que se te mete en la cabeza es para siempre?

Sí.

No pasa nada, papá.

¿No pasa nada?

Ya los tengo metidos.

No quiero que mires.

Seguirán estando ahí.

Se detuvo y se acodó en el carrito. Miró carretera abajo y miró al chico. Tan extrañamente despreocupado.

¿Y si seguimos?, dijo el chico.

Bueno. De acuerdo.

Parece que intentaban huir, ¿verdad, papá?

Sí. Eso parece.

¿Por qué no se apartaban de la carretera?

No podían. Todo estaba en llamas.

Avanzaron sorteando las formas momificadas. La piel negra tirante sobre los huesos y los rostros rajados y encogidos en sus cráneos. Como víctimas de un espeluznante proceso de succión. Pasando en silencio por aquel silencioso pasadizo entre la ceniza amontonada y eternamente condenados a seguir el frío coágulo de la carretera.

Pasaron por lo que había sido el emplazamiento de un villorrio pegado a la carretera y ahora reducido a cenizas. Unos contenedores metálicos, unos cuantos humeros de ladrillo negro todavía en pie. Había en las zanjas como charcas de cristal fundido y los cables pelados de la electricidad yacían en herrumbrosas madejas paralelas a la calzada durante kilómetros. A todo esto él no dejaba de toser. Vio que el chico le observaba. Era en él en quien pensaba el chico. Y por qué no.

Sentados en la carretera comieron restos de pan rápido duro como una galleta dura y la última lata de atún. Luego abrió una lata de ciruelas y se la fueron pasando. El chico apuró el jugo que quedaba y se quedó con la lata en el regazo y la rebañó con el dedo índice y se llevó el dedo a la boca.

No te vayas a cortar, dijo el hombre.

Siempre dices eso.

Ya lo sé.

Le vio lamer la tapa. Con mucho cuidado. Como un gato lamiendo su reflejo en un cristal. Deja de mirarme, dijo.

Vale.

Puso la lata frente a él en la calzada. ¿Qué?, dijo. ¿Qué pasa?

Nada.

Dímelo.

Creo que nos sigue alguien.

Es lo que yo pensaba.

¿Lo que tú pensabas?

Sí. Es lo que pensaba que ibas a decir. ¿Qué quieres que hagamos?

No sé.

¿Qué opinas?

Marchémonos. Deberíamos esconder la basura.
Porque si no pensarán que tenemos mucha comida.
Así es.
Y querrán matarnos.
No nos matarán.
Pero podrían intentarlo.
Estamos a salvo.
Ya.
Creo que deberíamos escondernos en la maleza y esperar que pasen. Ver quiénes son.
Y cuántos.
Y cuántos. Sí.
Vale.
Si conseguimos cruzar el arroyo quizá podríamos subirnos a esos riscos de allá y vigilar la carretera.
Vale.
Buscaremos un sitio.
Se pusieron de pie y apilaron las mantas en el carrito. Coge la lata, dijo el hombre.

El largo crepúsculo tocaba casi a su fin cuando la carretera cruzó el arroyo. Pasaron por el puente y empujaron el carrito hacia el bosque buscando un lugar para dejarlo donde no se viera. Luego se quedaron mirando la carretera en el ocaso.
¿Y si lo metemos debajo del puente?, dijo el chico.
¿Y si resulta que bajan a por agua?
¿A qué distancia crees que están?
No lo sé.
Se está haciendo de noche.
Ya.
¿Y si pasan cuando sea de noche?
Vamos a buscar un sitio donde podamos vigilar. Todavía no es de noche.

Escondieron el carrito y subieron la cuesta entre las rocas cargados con las mantas y se ocultaron en un sitio desde donde podían ver algo más de medio kilómetro de carretera entre los árboles. Estaban al abrigo del viento y se envolvieron en las mantas y se turnaron para vigilar pero al cabo de un rato el chico se quedó dormido. Él mismo estaba a punto de dormirse cuando vio aparecer una silueta en el cambio de rasante y quedarse allí de pie. Pronto aparecieron dos más. Luego una cuarta. Se agruparon. Después echaron a andar. Apenas podía distinguirlos en la casi completa oscuridad. Pensó que se detendrían pronto y deseó haber buscado un sitio más alejado de la carretera. Si se detenían en el puente iba a ser una noche larga y fría. Bajaron por la carretera y cruzaron el puente. Tres hombres y una mujer. La mujer tenía andares de pato y al aproximarse pudo ver que estaba embarazada. Los hombres llevaban mochilas a la espalda y la mujer una pequeña maleta de tela. Todos ellos con un aspecto lastimoso más allá de toda descripción. El aliento les humeaba ligeramente. Después de cruzar el puente siguieron carretera abajo y se perdieron uno a uno en la expectante oscuridad.

La noche en todo caso fue larga. Cuando hubo clareado lo suficiente se puso los zapatos y se levantó envolviéndose con una de las mantas y salió del escondite y se quedó mirando la carretera. El bosque desnudo color de hierro y al fondo los campos. Las formas onduladas de viejos surcos de grada todavía ligeramente visibles. Algodón tal vez. El chico estaba dormido y él bajó hasta el carrito y cogió el mapa y la botella de agua y una lata de fruta de sus magras provisiones y regresó y se sentó en las mantas a mirar el mapa.

Siempre crees que hemos caminado más trecho del que hemos caminado.

Movió el dedo. Entonces aquí.

Más.

Aquí.

Vale.

Volvió a doblar las páginas tiesas y medio podridas. Vale, dijo.

Se quedaron mirando la carretera entre los árboles.

¿Crees que tus padres están observando? ¿Que te ponderan en su libro mayor? ¿Con relación a qué? No hay libro ninguno y tus padres están muertos y enterrados.

La comarca pasaba de pino a roble perenne y otra vez a pino. Magnolias. Los árboles tan muertos como otros cualesquiera. Cogió una de las pesadas hojas y la estrujó hasta convertirla en polvo y dejó caer el polvo entre sus dedos.

En la carretera a primera hora del día siguiente. No habían andado mucho cuando el chico le tiró de la manga y se detuvieron. Un penacho de humo se elevaba del bosque frente a ellos. Se quedaron allí quietos observando.

¿Qué hacemos, papá?

Quizá tendríamos que ir a echar un vistazo.

Sigamos andando.

¿Y si llevan el mismo camino que nosotros?

Qué, dijo el chico.

Entonces los tendremos a nuestra espalda. Quisiera saber quiénes son.

¿Y si es un ejército?

Habría más fogatas.

¿Por qué no esperamos?

No podemos esperar. Estamos casi sin comida. Tenemos que seguir adelante.

Dejaron el carrito en el bosque y el hombre comprobó las balas haciendo girar el cilindro. Las de madera y la de verdad. Se quedaron a la escucha. El humo ascendía vertical en el aire quieto. Ningún sonido. Debido a las lluvias recientes las hojas estaban blandas y silenciosas bajo sus pies. Se volvió para mirar al chico. La carita sucia llena de miedo. Rodearon el fuego manteniéndose a distancia, el chico cogido de su mano. Se agachó y lo rodeó con el brazo y escucharon largo rato. Creo que se han ido, susurró.

¿Qué?

Creo que se han ido. Seguramente tenían un vigía.

Podría ser una trampa, papá.

Está bien. Esperemos un rato.

Esperaron. Podían ver el humo entre los árboles. Una brisa había empezado a agitar la parte alta de la espiral y el humo se movió y pudieron olerlo. Olor a comida. Demos un rodeo, dijo el hombre.

¿Puedo cogerte la mano?

Claro que puedes.

El bosque no era más que troncos quemados. No había nada que mirar allí. Creo que nos han visto, dijo el hombre. Que nos han visto y han huido. Han visto que teníamos un arma.

La comida está a medio hacer.

Sí.

Echemos un vistazo.

Tengo mucho miedo, papá.

Si aquí no hay nadie. Tranquilo.

Entraron al pequeño calvero, el chico aferrado a su mano. Se lo habían llevado todo excepto aquella cosa negra ensartada sobre los rescoldos. Estaba examinando el perímetro del claro cuando el chico se dio la vuelta y sepultó la cara en su cuerpo. El hombre giró rápidamente para ver qué había pasado. ¿Qué?, dijo. ¿Qué pasa? El chico meneó la cabeza. Oh, papá, dijo. Se volvió para mirar otra vez. Lo que el chico había visto era un bebé carbonizado ennegreciéndose en el espetón, sin cabeza y destripado. Cogió al chico en brazos y regresó a la carretera estrechándolo con fuerza. Lo siento, susurró. Lo siento.

No sabía si volvería a hablar alguna vez. Acamparon a orillas de un río y se sentó junto al fuego escuchando correr el agua en la oscuridad. No era un sitio seguro porque el sonido del agua tapaba cualquier otro pero le pareció que eso animaría al chico. Comieron las provisiones que les quedaban y se puso a estudiar el mapa. Midió la carretera con un trozo de cordel y lo miró y volvió a medir. Aún faltaba mucho para la costa. Ignoraba lo que encontrarían una vez allí. Juntó los pedazos del mapa y volvió a meterlos en la bolsa de plástico y se quedó contemplando las brasas.

Al día siguiente cruzaron el río por un estrecho puente de hierro y entraron en una antigua ciudad-factoría. Miraron dentro de las casas de madera pero no encontraron nada. Sentado en un porche había un hombre en traje de faena, muerto desde hacía años. Parecía un espantajo puesto allí para anunciar alguna fiesta. Recorrieron el largo muro oscuro de la fábrica, sus ventanas tapiadas. El fino hollín corría negro precediéndolos por la calle.

Cosas extrañas esparcidas por la cuneta. Electrodomésticos, muebles. Herramientas. Cosas abandonadas tiempo atrás por peregrinos en ruta hacia sus diversas y colectivas muertes. Hasta hacía solo un año el chico rescataba a veces algún objeto y lo llevaba un tiempo consigo pero había dejado de hacerlo. Se sentaron a descansar y bebieron lo que les quedaba de agua buena y dejaron el bidoncito de plástico en la carretera. El chico dijo: Si tuviéramos a ese niño pequeño podría ir con nosotros.

Sí que podría.

¿Dónde lo encontraron?

No respondió.

¿Crees que puede haber otro en alguna parte?

No sé. Es posible.

Perdona por lo que dije de aquellas personas.

¿Qué personas?

Esas que estaban quemadas. Las que se quedaron en la carretera y murieron quemadas.

No sabía que hubieras dicho nada malo.

No era nada malo. ¿Podemos irnos ya?

Vale. ¿Quieres ir montado en el carro?

Da igual.

¿Por qué no montas un rato?

Porque no quiero. Da igual.

Agua lenta en el país llano. Los esteros contiguos a la carretera inmóviles y grises. Los ríos de la llanura costera dibujando serpientes plomizas en las baldías tierras de labranza. Continuaron adelante. Siguiendo la carretera había una hondonada y un pequeño cañaveral. Creo que ahí hay un puente, dijo. Probablemente pasa un arroyo.

¿Podemos beber el agua?

No tenemos otra opción.

No nos sentará mal.

Supongo que no. Aunque podría estar seco.

¿Puedo adelantarme?

Claro que sí.

El chico se alejó por la carretera. Hacía mucho tiempo que no le veía correr. Los codos separados, pisando torpemente con sus zapatillas deportivas demasiado grandes. Se detuvo y se quedó mirando allí de pie, mordiéndose el labio.

El agua era poco más que un rezumadero. Pudo ver un ligero movimiento allí donde colaba por un atanor de hormigón bajo el tablero del puente y escupió al agua y miró para ver si se movía. Fue a coger un trapo y un tarro de plástico del carrito y volvió y ajustó el trapo alrededor de la boca del tarro y sumergió este en el agua y esperó a que se llenara. Lo levantó chorreando y lo puso a la luz. No tenía muy mal aspecto. Retiró el trapo y le tendió el tarro al chico. Adelante, dijo.

El chico bebió y se lo pasó a él.

Bebe un poco más.

Bebe tú un poco, papá.

Vale.

Se sentaron y bebieron hasta que no les cupo más, filtrando la ceniza del agua. El chico se tumbó en la hierba.

Tenemos que irnos.

Estoy muy cansado.

Ya lo sé.

Se lo quedó mirando. Hacía dos días que no comían nada. Al cabo de otros dos empezarían a sentirse débiles. Remontó la orilla entre las cañas para vigilar la carretera. Oscura y negra y sin huellas atravesando campo abierto. Los vientos habían barrido la ceniza y el polvo de la superficie. Buenas tierras antaño. Ningún indicio de vida en ninguna parte. No conocía la región. Ignoraba los nombres de las poblaciones, de los ríos. Vamos, dijo. Tenemos que irnos.

Dormían cada vez más. En más de una ocasión se despertaron estirados en la carretera como víctimas de un accidente de tráfico. El sueño de los muertos. Se incorporaba buscando a tientas la pistola. En el atardecer plomizo se quedó acodado en el asa del carrito mirando una casa que había al otro lado de los campos a algo más de un kilómetro. Era el chico quien la había visto. Apareciendo y desapareciendo en la cortina de hollín como una casa de un sueño incierto. Se apoyó en el carrito y le miró. Les costaría cierto esfuerzo llegar hasta allí. Coger las mantas. Esconder el carro en algún punto de la carretera. Podían llegar antes de que cayera la noche pero no podrían volver.

Tenemos que echar una ojeada. Es preciso.

No quiero ir.

Hace días que no comemos.

Es que no tengo apetito.

Pronto no tendrás ni fuerzas para comer.

Yo no quiero ir, papá.

Allí no hay nadie. Te lo prometo.

¿Cómo lo sabes?

Lo sé y punto.

Podrían estar dentro de la casa.

No, no están. Todo irá bien.

Echaron a andar a través de los campos envueltos en sus mantas, llevando solo la pistola y una botella de agua. El campo había sido removido por última vez y tallos de rastrojo asomaban del suelo y la fina traza del disco era todavía visible de este a oeste. Había llovido recientemente y la tierra estaba blanda y él iba mirando al suelo y al poco rato se detuvo para coger una punta de flecha. Escupió en ella y la limpió de tierra contra la costura de su pantalón y se la dio al chico. Era de cuarzo blanco, perfecta como el día en que la hicieron. Hay más, dijo. Si te fijas en el suelo las verás. El hombre encontró otras dos puntas. Pedernal gris. Luego encontró una moneda. O un botón. Una costra gruesa de verdín. La rascó con la uña del pulgar. Era una moneda. Sacó su cuchillo y empezó a cincelarla con cuidado. Las letras estaban en español. Llamó al chico que había continuado andando y luego contempló el campo gris a su alrededor y el cielo gris y tiró la moneda y se apresuró a alcanzarlo.

Se detuvieron frente a la casa. Había un camino de grava que torcía hacia el sur. Una galería de ladrillo. Una escalera doble subía elegantemente hasta el pórtico con columnas. En la parte de atrás de la casa una dependencia de ladrillo que en tiempos pudo haber sido una cocina. Más allá una cabaña de troncos. Empezó a subir la escalera pero el chico le tiró de la manga.

¿Podemos esperar un rato?

De acuerdo. Pero está anocheciendo.

Ya lo sé.

Vale.

Se sentaron en los escalones y contemplaron el campo.

Aquí no hay nadie, dijo el hombre.

Vale.

¿Todavía estás asustado?

Sí.

No pasará nada.

Vale.

Subieron por las escaleras al amplio porche con suelo de ladrillo. La puerta estaba pintada de negro y entreabierta mediante un pequeño bloque de hormigón. Detrás hojas secas y maleza arrastradas por el viento. El chico le agarró la mano. ¿Por qué está abierta, papá?

Porque sí. Probablemente lleva así años. Quizá los últimos que salieron la dejaron abierta para sacar sus cosas.

Quizá deberíamos esperar hasta mañana.

Vamos. Echaremos una ojeada rápida. Antes de que sea demasiado oscuro. Si nos aseguramos de que no hay peligro quizá podremos encender fuego.

Pero no nos quedaremos a dormir aquí, ¿verdad?

No tenemos por qué quedarnos.

Vale.

Vamos a beber un poco de agua.

Vale.

Sacó la botella del bolsillo lateral de su parka y desenroscó el tapón y vio beber al chico. Luego echó un trago él también y volvió a taparla y cogió al chico de la mano y entraron en el vestíbulo en penumbra. Techo alto. Una araña de luz de importación. En el rellano de la escalera había un ventanal palladiano y la última luz del día parecía arrojar de cabeza su perfil por el hueco de la escalera.

No hace falta que subamos arriba, ¿verdad?, susurró el chico.

No. Quizá mañana.

Después de que hayamos comprobado que no hay peligro.

Sí.

Vale.

Entraron al salón. La forma de una alfombra bajo la ceniza legamosa. Muebles cubiertos por sábanas. Cuadrados pálidos en las paredes donde antaño había cuadros colgados. En la habitación del otro lado del vestíbulo había un piano de cola. Las formas de ellos dos seccionadas en el cristal delgado y acuoso de la ventana. Entraron y se quedaron escuchando. Recorrieron las habitaciones como escépticos compradores potenciales. Contemplaron desde los ventanales la tierra que se oscurecía afuera.

En la cocina había cubertería y sartenes y porcelana inglesa. Un cuarto de servicio cuya puerta se cerró suavemente a sus espaldas. Piso embaldosado e hileras de estantes y en los estantes varios tarros de conservas de tres cuartos. Cruzó el cuartito y cogió un tarro y sopló para quitarle el polvo. Judías verdes. Tiras de pimiento rojo entre las ordenadas filas. Tomates. Maíz. Patatas nuevas. Quimgombó. El chico le observaba. El hombre limpió de polvo los tarros y presionó las tapas con el pulgar. Anochecía rápidamente. Llevó dos de los tarros a la ventana y los puso a la luz para examinarlos. Miró al chico.

Esto podría ser veneno, dijo. Tendremos que cocinarlo todo a fondo. ¿Te parece bien?

No sé.

¿Qué quieres hacer?

Eso dilo tú.

No. Los dos.

¿Tú crees que no hay peligro?

Creo que si lo cocemos bien cocido no pasará nada.

Vale. ¿Tú por qué crees que no se los ha comido nadie?

Porque nadie los encontró. Desde la carretera no se ve la casa.

Nosotros la hemos visto.

Tú sí.

El chico miró detenidamente los tarros.

¿Qué opinas?, dijo el hombre.

Opino que no podemos elegir.

Y yo opino que tienes razón. Vamos a buscar leña antes de que sea de noche.

Subieron brazadas de ramas muertas por los escalones de atrás que daban a la cocina y fueron al comedor y partieron la leña y llenaron el hogar hasta arriba. El humo cuando encendieron la lumbre subió en espiral lamiendo la repisa de madera pintada y al llegar al techo empezó a bajar de nuevo en espiral. El hombre aventó las llamas con una revista y pronto la chimenea empezó a tirar y el fuego rugió iluminando las paredes y el techo y la araña de luz en su miríada de facetas. Las llamas alumbraron el cristal de la ventana frente a la que el chico estaba de pie, encapuchada silueta como un gnomo llegado de la noche. Parecía aturdido por el calor. El hombre retiró las sábanas de la larga mesa imperio que había en mitad de la estancia y las sacudió y preparó un jergón para los dos frente al hogar. Hizo sentar al chico y procedió a quitarle los zapatos y los sucios harapos en que estaban envueltos sus pies. Todo va bien, susurró. Todo va bien.

En un cajón de la cocina encontró velas y encendió dos y luego derramó un poco de cera sobre la mesa y colocó las velas encima. Salió a buscar más leña y la amontonó al lado del hogar. El chico no se había movido. Había cacerolas en la cocina y limpió una a fondo y la dejó sobre la encimera y luego intentó abrir uno de los tarros pero no pudo. Llevó un tarro de judías verdes y otro de patatas a la puerta de delante y a la luz de una vela metida dentro de un vaso se arrodilló y colocó el primer tarro de costado entre la puerta y el quicio y lo apretó con la puerta. Luego se acuclilló en el suelo del vestíbulo y enganchó un pie por el borde exterior de la puerta y lo afianzó en la tapa y retorció el tarro con las manos. La tapa moleteada giró contra la madera arañando la pintura. Asió de nuevo el cristal y cerró un poco más la puerta y volvió a intentarlo. La tapa patinó en la madera y luego quedó fija. Giró lentamente el tarro entre sus manos y lo retiró del quicio y quitó la anilla de la tapa y la dejó en el suelo. Luego abrió el segundo tarro y se puso de pie y volvió con ellos a la cocina, sosteniendo en la otra mano el vaso con la vela que se meneaba y chisporroteaba. Intentó levantar las tapas de los tarros empujando con los pulgares pero estaban muy bien apretadas. Le pareció que era buena señal. Apoyó el borde de la tapa en la encimera y golpeó la parte superior del tarro con el puño y la tapa salió despedida y cayó al suelo. Se llevó el tarro a la nariz. Olía de maravilla. Echó las patatas y las judías en una cacerola y llevó la cacerola al comedor y la puso en el fuego.

Comieron despacio en tazones de porcelana de color marfil, sentados a la mesa uno frente al otro con una solitaria vela encendida entre ellos. La pistola allí a mano como parte del servicio. La casa crujía y gruñía al calentarse. Como algo que estuviera saliendo de una larga hibernación. El chico daba cabezadas de sueño y en una de estas la cuchara le cayó al suelo.

El hombre se levantó y rodeó la mesa y lo llevó hasta el hogar y lo acostó y lo tapó con las mantas. Debió de volver a la mesa pues despertó allí tirado con la cara apoyada en los brazos cruzados. Hacía frío en la habitación y afuera el viento gemía. Las ventanas traqueteaban un poco en sus bastidores. La vela se había terminado y del fuego solo quedaban rescoldos. Se levantó y avivó la lumbre y se sentó al lado del chico y lo arropó bien y pasó una mano por sus mugrientos cabellos. Yo creo que quizá están vigilando, dijo. Esperando a ver una cosa que ni la muerte puede deshacer y si no la ven se alejarán de nosotros y no volverán más.

El chico no quería que subiera al piso de arriba. Intentó razonar con él. Arriba podía haber mantas, dijo. Tenemos que echar un vistazo.

No quiero que subas.

Arriba no hay nadie.

Podría haber.

No hay nadie en la casa. ¿No te parece que a estas alturas ya habrían bajado?

Quizá tienen miedo.

Les diré que no les haremos ningún daño.

Puede que estén muertos.

Entonces no les importará que cojamos algunas cosas. Mira, haya lo que haya arriba es mejor saberlo que no saberlo.

¿Por qué?

Por qué. Bueno, pues porque no nos gustan las sorpresas. Las sorpresas asustan. Y no nos gusta estar asustados. Y ahí arriba podría haber cosas que necesitamos. Es preciso echar un vistazo.

Vale.

¿Vale? ¿Así, sin más?

Hombre, tú no quieres escucharme.

Te estaba escuchando.

No demasiado.

Aquí no hay nadie. Aquí no ha habido nadie durante años. No he visto huellas en la ceniza. Todo está en su sitio. No hay muebles quemados en el hogar. Y hay comida.

Las huellas no se quedan en la ceniza. Tú mismo lo dijiste. El viento las borra.

Voy a subir.

Estuvieron cuatro días en la casa comiendo y durmiendo. Arriba había encontrado más mantas y entraron grandes montones de leña y la fueron apilando en una esquina de la habitación para que se secara. Había encontrado una antigualla de sierra de ballesta hecha de madera y alambre y la empleó para serrar los árboles muertos. Los dientes estaban oxidados y romos y se sentó frente al fuego con una lima de cola de rata e intentó afilarlos pero fue en vano. Había un riachuelo a un centenar de metros de la casa y el hombre acarreó innumerables baldes de agua por los rastrojales y el fango y calentaron agua y se bañaron en una bañera contigua al dormitorio de la parte de atrás en la planta baja y le cortó el pelo al chico y se lo cortó él también y se afeitó la barba. Tenían ropa y mantas y almohadas de los cuartos de arriba y se equiparon con prendas nuevas, el pantalón del chico cortado a medida con el cuchillo. Luego improvisó una alcoba frente al hogar, volcando una cómoda alta a modo de cabecera para la cama y para conservar el calor. A todo esto no dejó de llover. Puso baldes debajo de los canalones en las esquinas de la casa para recoger agua dulce del viejo techo de lámina corrugada y por la noche podía oír el tamborileo de la lluvia en las habitaciones de arriba y cómo goteaba por toda la casa.

Hurgaron en los anexos en busca de alguna cosa útil. Vio una carretilla y la sacó y la puso boca abajo e hizo girar lentamente la rueda, examinando el neumático. El caucho estaba agrietado y casi liso pero le pareció que se podría hinchar y se puso a buscar entre cajas viejas y herramientas y encontró una bomba de bicicleta y enroscó la manguera a la válvula del neumático y empezó a bombear. El aire se salía por los bordes pero giró la rueda e hizo que el chico sujetara el neumático hasta que el aire empezó a entrar y pudo inflarlo. Desenroscó la manguera y dio la vuelta a la carretilla y la hizo rodar por el suelo. Luego la sacó fuera para que la lluvia la limpiara. Cuando partieron dos días después había despejado y echaron a andar por la carretera enfangada empujando la carretilla con las mantas nuevas y los tarros de comida envueltos en la ropa de repuesto. Había encontrado unos zapatos de faena para él y el chico llevaba unas deportivas azules con trapos metidos en la puntera y se habían hecho mascarillas nuevas con pedazos de sábana. Cuando llegaron al asfalto tuvieron que desandar camino para ir a buscar el carrito pero era solo un kilómetro. El chico caminaba a su lado con una mano apoyada en la carretilla. Hemos hecho bien, ¿verdad, papá?, dijo. Desde luego que sí.

Comían bien pero todavía estaban a mucha distancia de la costa. Sabía que estaba alimentando esperanzas sin que hubiera motivo para ello. Confiaba en que aclararía pese a que el mundo parecía volverse más oscuro por momentos. Había encontrado un fotómetro en una tienda de cámaras fotográficas que pensó podría utilizar para calcular el promedio de luz durante unos meses y lo llevó consigo mucho tiempo pensando que quizá encontraría pilas para hacerlo funcionar pero no fue así. Cuando despertaba tosiendo por la noche se incorporaba presionándose la cabeza con una mano para protegerse de la negrura. Como quien despertara dentro de una tumba. Como aquellos cadáveres desenterrados de su infancia que habían sido cambiados de sitio para poder construir una autopista. Muchos habían muerto en una epidemia de cólera y los habían enterrado a toda prisa en cajas de madera y las cajas se estaban pudriendo y se abrían. Los cadáveres salieron a la luz yaciendo de costado con las piernas encogidas y algunos boca abajo. Los vellones verde mate se caían de las gavetas de sus órbitas oculares ensuciando el suelo de los podridos ataúdes.

Al llegar a un pueblo entraron en una tienda de alimentación donde había una cabeza de ciervo colgada de la pared. El chico se la quedó mirando largo rato. Había cristales rotos en el suelo y el hombre le hizo esperar en la puerta mientras él apartaba desperdicios con sus zapatos de faena pero no encontró nada. Había fuera dos surtidores de gasolina y se sentaron en la zona de estacionamiento y sumergieron una lata pequeña suspendida de un cordel en el depósito subterráneo y la izaron otra vez y vertieron la pequeña cantidad de gasolina que contenía en una jarra de plástico y volvieron a sumergirla. Habían atado un trocito de tubería a la lata para hacerla bajar y se quedaron agachados sobre el depósito como monos pescando con palos en un hormiguero durante casi una hora hasta que la jarra estuvo llena. Luego enroscaron el tapón y pusieron la jarra en la parrilla inferior del carrito y siguieron adelante.

Largos días. En campo abierto con la ceniza peinando la carretera. El chico se sentaba por las noches junto al fuego con páginas del mapa sobre las rodillas. Se sabía de memoria los nombres de poblaciones y ríos y diariamente medía el trecho recorrido.

Comían más frugalmente. Ya casi no les quedaba nada. El chico se paró en la carretera con el mapa en la mano. Escucharon pero no pudieron oír nada. Hacia el este sin embargo pudo ver campo abierto y el aire era distinto. Luego al doblar un recodo de la carretera se la encontraron y permanecieron allí parados con el viento salobre agitando sus cabellos pues se habían bajado las capuchas para oír mejor. Allí estaba la playa gris y las olas encrespadas rompiendo opacas y plomizas y su sonido en la distancia. Como la desolación de un mar extraño rompiendo en las playas de un mundo inaudito. En los bancos de arena dejados por la bajamar vieron un buque cisterna escorado. Más allá el vasto océano frío, meciéndose pesadamente como una tina de lava esponjosa en lenta respiración y luego la línea de turbonada de ceniza gris. Miró al chico. Detectó la decepción en su cara. Siento que no sea azul, dijo. No pasa nada, dijo el chico.

Una hora después estaban sentados en la playa contemplando el horizonte cubierto de niebla tóxica. Sentados con los talones hundidos en la arena vieron cómo el mar sombrío les lamía los pies. Frío. Desolado. Sin aves. Había dejado el carrito en los helechos junto a las dunas y se habían llevado las mantas y estaban envueltos en ellas al abrigo del viento apoyados en un gran tronco que el mar había arrastrado hasta la playa. Permanecieron allí mucho rato. En la arena de la caleta que había más abajo hileras como caballones de pequeños huesos entre las algas. Más allá los costillares blanqueados por la sal de lo que podían haber sido reses. En las rocas una escarcha de sal gris. Soplaba el viento y unas vainas secas correteaban por la arena y se detenían y volvían a correr.

¿Crees que podría haber barcos mar adentro?
Lo dudo.
No verían lo que tenían cerca.
No. No lo verían.
¿Qué hay al otro lado?
Nada.
Algo habrá, ¿no?
Quizá un padre y su hijo sentados en la playa.

Eso sería bonito.
Sí. Sería bonito.
¿Y podría ser que ellos también llevaran el fuego?
Sí. Podría ser.
Pero no lo sabemos.
No lo sabemos.
Por eso hemos de estar alerta.
Hemos de estar alerta. Sí.
¿Cuánto tiempo podemos quedarnos aquí?
No lo sé. Casi no tenemos comida.
Ya.
Te gusta esto.
Sí.
Y a mí.
¿Puedo ir a nadar?
¿A nadar?
Sí.
Se te va a helar el culo.
Ya lo sé.
El agua estará muy fría. Más de lo que te imaginas.
Bueno.
No quiero tener que ir a buscarte.
Te parece que no debería ir.
Te dejo ir.
Pero te parece que no debería.
No. Creo que deberías ir.
¿En serio?
Sí. En serio.
Vale.

Se levantó y dejó caer la manta a la arena y luego se despojó de la chaqueta y de los zapatos y el resto de la ropa. Se quedó allí desnudo, agarrándose los brazos y bailando. Luego echó a correr por la playa. Tan blanco. Los huesos de la columna nudosos. Los omóplatos afilados moviéndose como sierras bajo la piel pálida. Metiéndose desnudo y brincando y gritando en las olas que rompían despaciosas.

Cuando salió del agua estaba morado de frío y los dientes le castañeteaban. El hombre fue andando a su encuentro y lo envolvió muerto de frío en la manta y lo abrazó hasta que dejó de boquear. Pero luego al mirarle vio que el chico estaba llorando. ¿Qué pasa?, dijo. Nada. No, dime. Nada. No es nada.

Al anochecer encendieron lumbre arrimados al tronco y comieron quimgombó y alubias y las últimas patatas enlatadas que quedaban. La fruta se había terminado hacía tiempo. Bebieron té y se quedaron sentados junto al fuego y durmieron en la arena y escucharon el rumor de las olas en la bahía. El largo estremecimiento y la caída posterior. Se levantó por la noche y caminó por la playa envuelto en sus mantas. Estaba demasiado negro para ver. Sabor a sal en los labios. Esperando. Esperando. Luego el lento estruendo perdiéndose en la playa. Aquel siseo como de hervor que se extendía por la arena y se alejaba otra vez. Pensó que aún podían quedar barcos de la muerte, flotando a la deriva con sus lánguidas velas hechas harapos. O acaso vida en las profundidades. Grandes calamares propulsándose por el lecho marino en la fría oscuridad. Yendo y viniendo como trenes, los ojos del tamaño de platillos. Y sí, más allá de aquel empañado oleaje tal vez otro hombre caminaba con otro hijo por la arena muerta y gris. Dormidos pero con un mar de por medio en otra playa entre las amargas cenizas del mundo o en pie y andrajosos, perdidos bajo el mismo sol indiferente.

Recordaba haberse despertado una noche parecida al oír el ruido de unos cangrejos arañando la sartén donde había dejado huesos de carne de la noche anterior. Las ascuas todavía vivas de una lumbre de maderos flotantes vibrando en el viento que soplaba tierra adentro. Acostado bajo aquella miríada de estrellas. El horizonte negro del mar. Se levantó y caminó un trecho y descalzo en la arena vio aparecer las pálidas crestas de las olas a lo largo de la playa y rodar y romper y oscurecerse de nuevo. Cuando volvió al fuego se arrodilló junto a ella y acarició sus cabellos mientras dormía y dijo que si él fuera Dios habría creado el mundo tal cual sin ninguna diferencia.

Cuando volvió el chico estaba despierto y asustado. Le había estado llamando pero sin gritar lo suficiente como para que se le oyera. El hombre lo rodeó con sus brazos. No te oía, dijo. Con la olas no he podido oírte. Echó leña al fuego y lo atizó y se acostaron tapados con las mantas viendo cómo el viento hacía retorcerse las llamas hasta que se durmieron.

Por la mañana reavivó el fuego y comieron y contemplaron la playa. Su aspecto frío y lluvioso no muy distinto de paisajes marinos del mundo septentrional. Ni gaviotas ni aves limícolas. Estúpidos artefactos carbonizados a lo largo de la línea de pleamar o meciéndose en las olas. Reunieron madera de deriva y la apilaron y la cubrieron con la lona y luego echaron a andar por la playa. Somos raqueros, dijo.

¿Qué?

Son vagabundos que van por la playa buscando cosas de valor que el mar pueda haber arrojado a la arena.

¿Qué clase de cosas?

De todo. Cualquier cosa que pueda tener alguna utilidad.

¿Tú crees que encontraremos algo?

No lo sé. Echaremos un vistazo.

Un vistazo, dijo el chico.

Desde el espigón miraron hacia el sur. Una saliva gris de sal enroscándose perezosamente en la cubeta rocosa. Más allá la larga curva de la playa. Gris como arena volcánica. El viento que venía del agua olía ligeramente a yodo. Nada más. Ni asomo de olor a mar. En las rocas vestigios de un oscuro musgo marino. Cruzaron y siguieron adelante. Al final de la playa el paso quedaba cortado por un farallón y se desviaron por un viejo sendero que atravesaba las dunas pasando entre avena de mar muerta hasta que salieron a un promontorio de escasa altura. A sus pies un gancho de tierra amortajado por la oscura neblina que el viento impulsaba playa abajo y más allá lo que parecía el casco de un velero inclinado y a flor de agua. Se agacharon en las matas secas de hierba y miraron. ¿Qué deberíamos hacer?, dijo el chico.

Quedémonos observando un rato.

Tengo frío.

Ya lo sé. Vamos un poquito más allá. Lejos del viento.

Se sentó abrazando al chico pegado a él. La hierba muerta se agitaba un poco. Frente a ellos una gris desolación. El incesante reptar del mar. ¿Cuánto rato tendremos que estar aquí?, dijo el chico.

No mucho.

¿Tú crees que hay personas en el barco, papá?

No, creo que no.

Estarían todos inclinados.

Es verdad. ¿Puedes ver alguna huella?

No.

Esperemos un poco.

Tengo frío.

Deambularon por la media luna de playa sin dejar la arena más firme donde no había llegado la marea. Se detuvieron, sus prendas aleteando suavemente. Flotadores de vidrio cubiertos de una costra gris. Huesos de aves marinas. En la marca de marea una estera de algas entretejidas y espinas de peces a millones extendiéndose por la playa hasta donde alcanzaba la vista como una isoclina de muerte. Un inmenso sepulcro de sal. Absurdo. Absurdo.

Desde el final de la punta de tierra hasta el barco había como una treintena de metros de mar abierto. Observaron el barco. Algo menos de veinte metros de eslora, desmantelado hasta la cubierta, con la quilla al aire en una docena de palmos de agua. Debía de haber sido de mástil doble pero los palos estaban arrancados cerca de la cubierta y la única cosa que quedaba en pie eran unas cornamusas de latón y varios montantes de la barandilla de cubierta. Eso y la rueda metálica del timón asomando de la bañera en la popa. Dirigió la vista hacia la playa y las dunas. Luego le pasó la pistola al chico y se sentó en la arena y empezó a deshacerse el nudo de los zapatos.

¿Qué vas a hacer, papá?

Echar un vistazo.

¿Puedo ir contigo?

No. Quiero que te quedes aquí.

Yo quiero ir contigo.

Tienes que montar guardia. Además, el agua te cubre.

¿Podré verte?

Sí. Yo te iré mirando. Para asegurarme de que todo va bien.

Quiero ir contigo.

Se detuvo. No puede ser, dijo. Nuestra ropa desaparecería. Alguien tiene que cuidar de las cosas.

Lo dobló todo e hizo un montón. Qué frío hacía. Se inclinó para besar al chico en la frente. Deja de preocuparte, dijo. Tú vigila. Se adentró desnudo en el agua y allí de pie se remojó el cuerpo. Luego avanzó unos pasos y se zambulló de cabeza.

Nadó a lo largo del casco metálico y volvió, pedaleando en el agua, boqueando por el frío. Hacia la mitad del barco el arrufo quedaba justo a flor de agua y se afianzó allí para avanzar hasta el espejo de popa. El acero estaba gris y erosionado por la sal pero pudo distinguir la inscripción en letras doradas. Pájaro de Esperanza. Tenerife. Dos pescantes vacíos de botes salvavidas. Agarrándose de la barandilla se izó a bordo y se agachó tiritando en la pendiente de la cubierta de madera. Unos cuantos tramos de cable trenzado partidos en los tensores. Agujeros desmenuzados en la madera allí donde las tuercas habían sido arrancadas de cuajo. Una fuerza terrible capaz de barrer por completo la cubierta. Saludó al chico agitando el brazo pero el chico no devolvió el saludo.

El camarote era bajo con un techo abovedado y ojos de buey en uno de sus lados. Se agachó y limpió la sal gris y miró dentro pero no pudo ver nada. Probó de abrir la puerta de teca pero estaba cerrada con llave. Empujó con un hombro huesudo. Buscó algo con que hacer palanca. Ahora tiritaba descontroladamente y los dientes le castañeteaban. Pensó en dar una patada a la puerta con la planta del pie pero decidió que no era buena idea. Se sujetó el codo con la mano y golpeó de nuevo la puerta. Notó que cedía. Solo un poco. Insistió. La jamba estaba resquebrajándose por la parte de dentro y finalmente cedió y la abrió de un empujón y descendió por la escalera de cámara.

Agua de sentina estancada junto al mamparo inferior repleta de papeles y desperdicios mojados. Un olor acre. Humedad y mala ventilación. Pensaba que habían saqueado el barco pero era el mar quien lo había hecho. En mitad del salón había una mesa de caoba con rebordes provistos de bisagra. Las puertas de la cajonada abiertas hacia fuera y todos los herrajes de un verde mate. Fue a los compartimentos de la parte delantera.

Pasando por la cocina. Harina y café en el suelo y latas de comida medio aplastadas y herrumbrosas. Una letrina con lavabo e inodoro de acero inoxidable. La débil luz del mar entraba por las lumbreras de la galería. Pertrechos esparcidos por todas partes. Un chaleco salvavidas flotando en el agua que se iba filtrando.

Casi esperaba un espectáculo truculento pero no hubo tal cosa. Las colchonetas de los camarotes habían sido arrojadas al suelo y sábanas y prendas de vestir estaban apiladas contra la pared. Todo mojado. Una puerta daba a la cajonada del lado de proa pero estaba demasiado oscuro para ver en su interior. Agachó la cabeza para entrar y palpó a tientas. Arcones hondos con tapa de madera engoznada. Equipo náutico apilado en el suelo. Empezó a arrastrar las cosas afuera y las fue amontonando sobre la cama inclinada. Mantas, prendas para el mal tiempo. Le salió un jersey húmedo y se lo puso. Encontró un par de botas amarillas de goma y una chaqueta de nailon y se la puso encima del jersey y se subió la cremallera. Luego metió las piernas en unos rígidos calzones amarillos de PVC y se pasó los tirantes por encima de los hombros y se calzó las botas. Regresó a la cubierta. El chico estaba sentado mirando al barco tal como él lo había dejado. Vio que se levantaba de golpe y el hombre interpretó que su nuevo atuendo lo había confundido. Soy yo, gritó, pero el chico seguía allí de pie alarmado y le saludó con el brazo y volvió a bajar.

Debajo de la litera en el segundo compartimento había cajones todavía en su sitio y los levantó y los sacó del todo. Manuales y periódicos en español. Pastillas de jabón. Un maletín de cuero negro cubierto de moho con papeles dentro. Se metió el jabón en el bolsillo de la chaqueta y se incorporó. Había libros en español esparcidos por la litera, hinchados y deformados. Un tomo suelto encajado en la rejilla del mamparo delantero.

Encontró una bolsa de lona impermeabilizada y recorrió el resto del barco calzado con sus botas, afianzándose en los mamparos para salvar la inclinación, los pantalones del impermeable crujiendo con el frío. Llenó la bolsa de ropa y accesorios. Unas playeras de mujer que pensó que le servirían al chico. Una navaja con mango de madera. Unas gafas de sol. Con todo había algo perverso en su búsqueda. Como agotar primero los sitios más inverosímiles en busca de algo extraviado. Finalmente entró en la cocina. Encendió el hornillo y lo volvió a apagar.

Descorrió el pestillo y levantó la escotilla que daba al cuarto del motor. Medio inundado y oscuro como boca de lobo. No olía a gasolina ni a petróleo. Volvió a cerrar. Dentro de los armaritos empotrados en los bancos de la bañera había cojines, lona para velas, material de pesca. En otro armario detrás de la peana del timón encontró rollos de cuerda de nailon y frascos metálicos de gasolina y una caja de fibra de vidrio con herramientas. Se sentó en el suelo de la bañera y examinó las herramientas. Oxidadas pero utilizables. Alicates, destornilladores, llaves de tuercas. Cerró la caja con su pestillo y se incorporó y buscó al chico con la mirada. Estaba acurrucado en la arena y dormía con la cabeza sobre una pila de ropa.

Llevó la caja de herramientas y un frasco de gasolina a la cocina y fue a hacer un último recorrido por los camarotes. Luego se puso a mirar en los pequeños armarios del salón, examinando carpetas y papeles en cajas de plástico en busca del cuaderno de bitácora. Encontró un juego de porcelana empaquetado y sin usar en una caja de madera rellena de virutas. La mayor parte del juego roto. Servicio para ocho personas, con el nombre del barco grabado. Un regalo, pensó. Sacó una taza de té y la giró en la palma de su mano y la devolvió a su sitio. Lo último que encontró fue una cajita cuadrada de roble con esquinas a cola de milano y un troquel de latón en la tapa. Creyó que podía ser un humidificador pero no tenía la forma adecuada y al cogerla y sopesarla supo qué era. Soltó los pestillos medio corroídos y la abrió. Dentro había un sextante de latón, posiblemente de un siglo de antigüedad. Lo sacó de su cajita hecha a medida y lo sostuvo en la mano. Asombrado de su belleza. El latón había perdido brillo y unas manchas de verdín dibujaban la forma de otra mano que en tiempos había empuñado el sextante, pero por lo demás estaba perfecto. Limpió el verdín del troquel que llevaba en la base. Hezzaninth, Londres. Se lo llevó al ojo e hizo girar el tambor. Era la primera cosa en mucho tiempo que le emocionaba ver. Lo sostuvo en la mano y después volvió a depositarlo en el paño azul de la cajita y cerró la tapa y ajustó los pestillos y lo metió otra vez en el armario y cerró la puerta.

Cuando salió nuevamente a cubierta para vigilar al chico el chico no estaba. Un momento de pánico hasta que lo vio alejarse por la playa con la pistola colgando de la mano, la cabeza gacha. Estando allí de pie notó que el casco del barco se elevaba y se deslizaba. Casi imperceptiblemente. La marea que subía. Lamiendo las rocas del espigón allá abajo. Dio media vuelta y entró de nuevo en el camarote.

Había cogido los dos rollos de cuerda y midió el diámetro de los mismos con la palma abierta e hizo cálculos y luego contó el número de rollos que había. Unos quince metros de cuerda. Los dejó colgados de una cornamusa en la cubierta de teca gris y volvió a meterse en la cabina. Lo reunió todo y lo apiló apoyándolo en la mesa. Había unas jarras de plástico en el armarito contiguo a la cocina pero estaban todas vacías menos una que contenía agua. Cogió una de las vacías y vio que el plástico se había agrietado dejando escapar el agua y supuso que se habrían helado en alguna de las muchas travesías sin rumbo del barco. Probablemente más de una vez. Cogió la que estaba medio llena y la puso encima de la mesa y desenroscó el tapón y olfateó el agua y luego levantó el envase con ambas manos y bebió. Después volvió a beber.

No parecía que las latas que había en el suelo de la cocina se pudieran salvar e incluso en el armario había algunas más que estaban muy oxidadas y otras siniestramente hinchadas. A todas les faltaba la etiqueta y el contenido estaba escrito en español directamente sobre el metal con rotulador negro. Las estuvo tocando, agitando, apretándolas con la mano. Finalmente las puso encima de la pequeña nevera de la cocina. Pensó que debía de haber cajas de comestibles guardadas en alguna parte de la bodega pero no creía que hubiera nada que se pudiera comer. Y en todo caso la capacidad del carrito era limitada. Se le ocurrió que estaba tomando este inesperado hallazgo de un modo peligrosamente cercano a cosa hecha pero aún así dijo lo que había dicho antes. Que la buena suerte podía no ser tal cosa. Pocas noches tumbado en la oscuridad no envidiaba a los muertos.

Encontró una lata de aceite de oliva y varias de leche. Té en un bote oxidado. Un envase de plástico con un tipo de comida que no supo identificar. Media lata de café. Revisó a conciencia los estantes, separando lo que se iba a llevar de lo que no. Cuando hubo llevado todo al salón y lo tuvo apilado contra la escalera de cámara volvió a la cocina y abrió la caja de herramientas y se puso a desmontar uno de los fogones del hornillo cardaneado. Desconectó el cordón trenzado y retiró las juntas de aluminio de los fogones y se metió una en el bolsillo de la chaqueta. Aflojó las guarniciones de latón con una llave de tuercas y aflojó los fogones. Luego los desacopló y aseguró la manguera al tubo de empalme y ajustó el otro extremo de manguera a la botella de gasolina y la llevó al salón. Por último hizo un fardo con un plástico metiendo dentro algunas latas de zumo y latas de fruta y de verduras y lo ató con un cordel y luego se quitó la ropa y la amontonó entre las cosas que había reunido y subió a cubierta desnudo y se deslizó hasta la barandilla con el plástico y pasó por encima y se dejó caer al mar gris y helado.

Alcanzó la playa con la última luz del día y se descolgó la lona y se quitó a palmetazos el agua de los brazos y el pecho y fue a buscar su ropa. El chico le siguió. No paraba de preguntarle por su hombro, azul y descolorido de los golpes que había dado para abrir la puerta de la escotilla. Estoy bien, dijo el hombre. No me duele. Tenemos un montón de cosas. Espera y verás.

Se apresuraron para aprovechar la poca luz que quedaba. ¿Y si el agua se lleva el barco?, dijo el chico.

No se lo llevará.

Pero podría.

No. Vamos. ¿Tienes hambre?

Sí.

Esta noche comeremos bien. Pero tenemos que darnos prisa.

Ya lo hago, papá.

Y puede que llueva.

¿Cómo lo sabes?

Lo huelo.

¿Cómo huele la lluvia?

A ceniza mojada. Vamos.

Entonces se detuvo. ¿Dónde está la pistola?, dijo.

El chico se quedó quieto de golpe. Parecía aterrorizado.

Mierda, dijo el hombre. Volvió la vista atrás. El barco estaba ya fuera de la vista. Miró al chico. El chico se había puesto las manos encima de la cabeza, a punto de llorar. Lo siento, dijo. Lo siento mucho.

Dejó la lona con las latas en el suelo. Tenemos que dar media vuelta.

Perdona, papá.

No pasa nada. Todavía estará allí.

El chico se quedó de pie con los hombros vencidos. Estaba empezando a sollozar. El hombre se puso de rodillas y lo abrazó. Tranquilo, dijo. Soy yo quien debe asegurarse de que tenemos la pistola y no lo he hecho. Se me ha olvidado.

Lo siento, papá.

Vamos. No pasa nada. Todo va bien.

La pistola estaba en la arena donde él la había dejado. El hombre la cogió y la sacudió y luego se sentó y tiró del pasador del cilindro y se lo dio al chico. Sostén esto, dijo.

¿Está bien, papá?

Claro que está bien.

Hizo rodar el tambor contra la palma de su mano y sopló para quitarle la arena y se lo pasó al chico y sopló por el cañón y limpió de arena el bastidor y luego le cogió las piezas al chico y lo armó todo de nuevo y montó el martillo y bajó el percutor y la amartilló de nuevo. Alineó el cilindro de modo que el cartucho de verdad quedara listo para el disparo e hizo retroceder el percutor y se guardó la pistola en la parka y se puso de pie. Todo bien, dijo. Vamos.

¿Nos va a pillar la noche?

No lo sé.

Sí. ¿Verdad que sí?

Vamos. Nos daremos prisa.

La noche los pilló. Cuando por fin llegaron al camino del farallón ya estaba demasiado oscuro para ver nada. Se quedaron parados con el viento que soplaba del mar silbando a su alrededor, el chico aferrado a su mano. Tenemos que seguir andando, dijo el hombre. Vamos.

No veo nada.

Ya lo sé. Iremos pasito a pasito.

Vale.

No te sueltes.

Vale.

Pase lo que pase.

Pase lo que pase.

Siguieron adelante en la más absoluta oscuridad, tan invidentes como los ciegos. Llevaba una mano extendida al frente pese a que no había contra qué chocar en aquel páramo salado. Las olas sonaban más distantes pero se orientaba también por el viento y después de caminar a trancas y barrancas durante casi una hora salieron de la hierba y la avena de mar y se detuvieron en el arenal seco de la parte alta. El viento era ahora más frío. Acababa de mover al chico de manera que le tapara el viento cuando de pronto la playa apareció ante ellos temblando en la negrura y se desvaneció otra vez.

¿Qué ha sido eso, papá?

Tranquilo. Un relámpago. Vamos.

Se echó al hombro la lona con las cosas del barco y cogió la mano del chico y continuaron, pisando en la arena como caballos de desfile para no tropezar con algún madero o resto de naufragio arrastrado por el mar. La extraña luz gris alumbró de nuevo la playa. A lo lejos un rumor tenue de truenos amortiguados en las tinieblas. Creo que he visto nuestras huellas, dijo.

Entonces vamos por el buen camino.

Sí. El buen camino.

Estoy helado, papá.

Lo sé. Reza para que relampaguee.

Siguieron adelante. Cuando la luz volvió a estallar sobre la playa vio que el chico estaba doblado por la cintura susurrando para sí. Buscó las huellas que ascendían por la playa pero no pudo encontrarlas. El viento había arreciado todavía más y esperaba ya los primeros salpicones de agua. Si les pillaba un chubasco en mitad de la playa y de noche estarían en un buen aprieto. Apartaron la cara del viento, sujetándose con las manos las capuchas puestas. La arena les ametrallaba las piernas saliendo disparada en la oscuridad y los truenos sonaban a escasa distancia mar adentro. Comenzó a llover a ráfagas sesgadas que les martilleaban la cara y el hombre atrajo al chico hacia sí.

En pie bajo el aguacero. ¿Cuánto trecho habían recorrido? Esperó más relámpagos pero iban quedando atrás y cuando llegó el siguiente y luego otro supo que la tormenta había borrado sus huellas. Siguieron caminando pesadamente por la arena del borde superior de la playa, confiando en ver el gran tronco donde habían estado acampados. Pronto no hubo más que algún relámpago esporádico. Un cambio en la dirección del viento le permitió oír un débil golpeteo en la distancia. Se detuvo. Escucha, dijo.

¿Qué?

Escucha.

No oigo nada.

Vamos.

¿Qué es, papá?

Es la lona. La lluvia cayendo sobre la lona.

Siguieron adelante tambaleándose por la arena entre los desperdicios dejados por la marea. Llegaron a la lona casi enseguida y el hombre se arrodilló y dejó caer el fardo y buscó a tientas las piedras con que había apuntalado el plástico y las apartó. Levantó el plástico y se metieron debajo y luego afianzó los bordes por dentro con las piedras. Hizo que el chico se quitara la ropa mojada y se cubrieron con las mantas, la lluvia martilleando en ellas a través del plástico. Se despojó de su parka y abrazó al chico y al poco rato se habían dormido.

Por la noche dejó de llover y se despertó y se quedó escuchando. El rumor potente y sordo de las olas después de que el viento hubiera cesado. Con la primera luz se levantó y caminó por la playa. La tormenta había dejado desperdicios en la orilla y siguió la marca de marea buscando algo de utilidad. En los bajíos pasada la escollera un cadáver antiguo meciéndose entre la madera de deriva. Deseó ocultarlo de la vista del chico pero el chico llevaba razón. ¿Qué había que ocultar? Cuando regresó estaba despierto y sentado en la arena, mirándole. Estaba envuelto en las mantas y había extendido las dos chaquetas mojadas a secar sobre la maleza muerta. Fue a sentarse a su lado y se quedaron contemplando el mar plomizo que subía y bajaba más allá de las rompientes.

Pasaron la mayor parte de la mañana descargando el barco. Había encendido un fuego y volvía del agua desnudo y tiritando y soltaba la sirga y se calentaba frente a la lumbre mientras el chico remolcaba la bolsa impermeabilizada por las olas calmosas hasta la playa. Vaciaron la bolsa y extendieron mantas y ropa sobre la arena caliente al lado del fuego. Había más cosas en el barco de las que podían transportar y pensaba que estaría bien quedarse unos días en la playa y comer todo lo posible pero era peligroso. Aquella noche durmieron en la arena con el fuego encedido para mitigar el frío y rodeados por la mercancía traída del barco. Despertó tosiendo y se levantó y bebió un poco de agua y llevó más leña a la lumbre, troncos gruesos que produjeron una gran cascada de chispas. La leña salada ardía naranja y azul en el núcleo de la hoguera y se quedó allí mirándola un buen rato. Más tarde echó a andar por la playa precedido por su larga sombra que hacía eses en la arena al mover el viento las llamas. Tosiendo. Tosiendo. Se dobló, las manos apoyadas en las rodillas. Sabor a sangre. Las olas lentas reptaban y bullían en la oscuridad y pensó en su vida pero no había vida en la que pensar y al cabo de un rato regresó. Sacó una lata de melocotones y la abrió y se sentó frente al fuego y se comió uno a uno los melocotones con una cuchara mientras el chico dormía. El fuego llameaba con el viento y las chispas se escabullían por la arena. Colocó la lata vacía entre sus pies. Cada día es una mentira, dijo. Pero tú te estás muriendo. Eso no es mentira.

Transportaron sus nuevas posesiones envueltas en lonas o mantas a lo largo de la playa y lo cargaron todo en el carrito. El chico intentó llevar demasiadas cosas y cuando se detenían para descansar el hombre le cogía parte de la carga y la juntaba con la suya propia. El barco se había movido ligeramente de sitio con la tormenta. Se lo quedó mirando. El chico le observó. ¿Vas a volver allí?, dijo.

Creo que sí. Un último vistazo.

Tengo un poco de miedo.

No pasa nada. Tú estate atento.

Si ya tenemos demasiadas cosas...

Lo sé. Solo quiero echar otro vistazo.

Vale.

Recorrió el barco de proa a popa una vez más. Para. Piensa. Se sentó en el suelo del salón con los pies en sus botas de goma apuntalados en el pedestal de la mesa. Ya empezaba a oscurecer. Intentó recordar lo que sabía de barcos. Se levantó y salió otra vez a cubierta. El chico estaba sentado junto al fuego. Bajó a la bañera y se sentó en el banco con la espalda apoyada en el mamparo y los pies en la cubierta casi a la altura de los ojos. Solo llevaba puesto el jersey y encima el suéter pero le calentaba muy poco y no dejaba de tiritar. Cuando se disponía a levantarse cayó en la cuenta de que había estado mirando las sujeciones del mamparo del fondo. Había cuatro. De acero inoxidable. En tiempos los bancos habían estado cubiertos por cojines y pudo ver los lazos en la esquina allí donde se habían desgarrado. En la parte baja del mamparo justo encima del asiento asomaba una correa de nailon, el extremo de la misma doblado y bordado en punto de cruz. Volvió a mirar las sujeciones. Eran fallebas giratorias con alas para la yema del pulgar. Se levantó y se arrodilló encima del banco y giró ambas fallebas hacia la izquierda. Funcionaban por resorte y cuando las hubo aflojado agarró la correa que asomaba del fondo y tiró y el tablero quedó suelto. Dentro, debajo de la cubierta, había un espacio que contenía unas cuantas velas enrolladas y lo que parecía ser una balsa de goma para dos personas enrollada y atada con pulpos. Un par de pequeños remos de plástico. Una caja de bengalas. Y detrás de eso una caja de herramientas, la tapa sellada mediante cinta aislante de electricista. La sacó de allí y encontró el extremo de la cinta y la arrancó alrededor de la abertura y descorrió los broches cromados y levantó la tapa. Dentro había una linterna amarilla, un faro estroboscópico alimentado por pila seca, un botiquín de primeros auxilios. Una radiobaliza de plástico amarillo. Y un estuche negro de plástico del tamaño de un libro. Lo sacó de la caja y soltó los pasadores y lo abrió. Encajada dentro había una vieja pistola de señales de 37 milímetros. La sacó con ambas manos y se la quedó mirando. Presionó la palanca para abrirla. La recámara estaba vacía pero en un receptáculo de plástico había ocho cartuchos de bengala, cortos y chatos y por su aspecto nuevos. Volvió a encajar la pistola en el estuche y cerró la tapa corriendo los pasadores.

Salió del agua aterido y tosiendo y se envolvió en una manta y se sentó en la arena tibia delante del fuego con las cajas a su lado. El chico se agachó e intentó rodearlo con sus brazos, cosa que al menos le hizo esbozar una sonrisa. ¿Qué has encontrado, papá?, dijo

Un botiquín. Y también una pistola de señales.

¿Y eso qué es?

Te lo enseñaré. Es para lanzar bengalas.

¿Es eso lo que habías ido a buscar?

Sí.

¿Cómo sabías que estaba en el barco?

Bueno, confiaba en que hubiera una. Digamos que ha sido cuestión de suerte.

Abrió el estuche y lo giró para que el chico la viera.

Es un arma.

Sí. Disparas hacia arriba y la bengala produce una luz fuerte.

¿Puedo mirarla?

Claro.

El chico sacó la pistola del estuche y la sostuvo. ¿Se puede disparar a alguien con esto?, dijo.

Se puede.

¿Y lo matarías?

No, pero le prenderías fuego.

¿Por eso la has cogido?

Sí.

Porque no hay nadie a quien hacer señales, ¿verdad?

No. No hay nadie.

Me gustaría verlo.

¿Quieres decir disparar?

Sí.

Podemos dispararla.

¿De verdad?

Claro.

¿A oscuras?

Sí. A oscuras.

Como si fuera una fiesta.

Como una fiesta. Sí.

¿Podemos disparar esta noche?

¿Por qué no?

¿Está cargada?

No. Pero podemos cargarla.

El chico se quedó de pie con la pistola en la mano. Apuntó hacia el mar. Uau, dijo.

Se vistió y echaron a andar por la playa con el resto del botín. ¿Adónde crees que se ha ido la gente, papá?

¿Los del barco?

Sí.

No lo sé.

¿Crees que han muerto?

No lo sé.

Pero no tenían todas las de ganar.

El hombre sonrió. ¿No tenían todas las de ganar?

¿Verdad que no?

Probablemente no.

Yo creo que murieron.

Puede ser.

Creo que eso es lo que les pasó.

Podrían estar vivos en alguna parte, dijo el hombre. Es posible. El chico guardó silencio. Siguieron adelante. Llevaban los pies envueltos en lona para velas y encima de la lona unos pampooties improvisados con trozos de plástico azul y en sus idas y venidas dejaban extrañas huellas. Pensó en lo que inquietaba al chico y al cabo de un rato dijo: Seguramente tienes razón. Yo creo que deben de haber muerto.

Porque si estuvieran vivos sería como robarles sus cosas.

Y nosotros no les robamos nada.

Ya lo sé.

Bien.

¿Y tú cuántas personas crees que están vivas?

¿En todo el mundo?

Sí. En todo el mundo.

No sé. Paremos a descansar un poco.

Vale.

Me estás agotando.

Vale.

Se sentaron entre los fardos.

¿Cuánto tiempo podemos quedarnos aquí, papá?

Eso ya me lo has preguntado antes.

Ya lo sé.

Veremos.

Eso quiere decir poco tiempo.

Probablemente.

El chico hizo agujeros en la arena con sus dedos hasta formar una circunferencia. El hombre le observó. No sé cuánta gente puede haber, dijo. No creo que sean muchos.

Ya. Se arrebujó en la manta y dirigió la mirada hacia la playa gris y estéril.

¿Qué pasa?, dijo el hombre.

Nada.

No. Dímelo.

Podría haber gente viva en alguna otra parte.

¿En qué otra parte?

No sé. Cualquiera.

¿Quieres decir fuera de la Tierra?

Sí.

Lo dudo. No podrían vivir en cualquier otra parte.

¿Ni que pudieran llegar allí?

No.

El chico apartó la vista.

¿Qué?, dijo el hombre.

Sacudió la cabeza. No sé qué estamos haciendo, dijo.

El hombre empezó a responder pero se calló. Al cabo de un rato dijo: Hay gente. Hay gente y la encontraremos. Ya lo verás.

Preparó algo de cenar mientras el chico jugaba en la arena. Tenía una espátula hecha con una lata de comida aplanada y estaba construyendo un pequeño pueblo con calles que se entrecruzaban. El hombre se le acercó y se puso en cuclillas para mirar. El chico levantó la cabeza. El mar lo borrará, ¿no?

Sí.

Bueno.

¿Sabes escribir el alfabeto?

Sí que sé.

Ya no te doy clases.

Es verdad.

¿Puedes escribir algo en la arena?

Quizá podríamos escribirles una carta a los buenos. Así si vienen por esta playa sabrán que estuvimos aquí. Podríamos escribirla un poco más arriba donde el agua no se la lleve.

¿Y si la ven los malos?

Claro.

No debería haber dicho eso. Vamos a escribirles una carta.

El chico negó con la cabeza. Da igual, dijo.

Cargó la pistola de señales y tan pronto como hubo oscurecido caminaron por la playa lejos de la lumbre y le preguntó al chico si quería disparar.

Dispárala tú, papá. Tú sabes cómo se hace.

Vale.

Montó el arma y apuntó hacia lo alto mirando a la bahía y apretó el gatillo. Con un largo bufido la bengala ascendió en parábola hacia las tinieblas y estalló sobre el agua y su luz empañada quedó suspendida en el aire. Los tentáculos de magnesio al rojo descendieron lentamente en la oscuridad y la pálida franja de playa entre la pleamar y la bajamar surgió de pronto al resplandor aquel y fue desvaneciéndose. Miró al chico que tenía la cara vuelta hacia arriba.

Desde muy lejos no podrían verla, ¿verdad, papá?

¿Quiénes?

Quienes sean.

Desde muy lejos no.

Si quisieras indicarles tu posición.
¿A los buenos, quieres decir?
Por ejemplo. O a alguien que quisieras que supiera dónde estabas.
¿Como quién?
No sé.
¿Como Dios?
Sí. Alguien así, supongo.

Por la mañana encendió fuego y bajó hasta la orilla mientras el chico dormía. No se ausentó mucho rato pero tuvo una extraña sensación y cuando volvió el chico estaba de pie esperándolo envuelto en sus mantas. Se dio prisa. Cuando llegó el chico se había sentado.
¿Qué pasa?, dijo. ¿Qué ocurre?
No me encuentro bien, papá.
Le puso una mano en la frente. Estaba ardiendo. Lo cogió en brazos y lo llevó al fuego. Tranquilo, dijo. Se te pasará.
Creo que voy a vomitar.
No pasa nada.
Se sentó con él en la arena y le sostuvo la frente mientras el chico se doblaba y vomitaba. Le limpió la boca con la mano. Lo siento, dijo el chico. Chsss... No has hecho nada malo.

Lo llevó hasta el campamento y lo tapó con mantas. Intentó hacerle beber un poco de agua. Puso más leña en el fuego y se arrodilló con la mano apoyada en la frente del chico. Te pondrás bien, dijo. Estaba aterrorizado.
No te vayas, dijo el chico.
Naturalmente que no.
Ni siquiera un ratito.
Descuida. Estoy aquí.
Vale. Vale, papá.

Lo tuvo abrazado toda la noche, durmiéndose a ratos y despertando presa del pánico, palpando el corazón del chico. Por la mañana no había mejorado. Trató de hacerle beber un poco de zumo pero no quiso. Le apretaba la frente con la mano, confiando en notar un frescor que no llegaba. Limpió su blanca boca mientras el chico dormía. Cumpliré mi promesa, susurró. Pase lo que pase. No te enviaré solo a la oscuridad.

Rebuscó en el botiquín rescatado del barco pero no había nada que pudiera utilizar. Un tubo de aspirinas. Vendas y desinfectante. Antibióticos pero con un período de validez muy corto. Sin embargo era todo cuanto tenía y ayudó al chico a beber y le puso una cápsula en la lengua. Estaba empapado en sudor. Le había retirado ya las mantas y le bajó la cremallera de la chaqueta y luego le quitó la ropa y lo apartó del fuego. El chico abrió los ojos y le miró. Estoy muerto de frío, dijo.

Lo sé. Pero tienes la fiebre muy alta y hay que bajarla como sea.

¿Puedo taparme con otra manta?

Sí. Claro.

No te marcharás.

No. No me marcharé.

Llevó las mugrientas prendas del chico al mar y las lavó, allí de pie y tiritando en el agua salada, desnudo de cintura para abajo, sacudiendo la ropa y estrujándola. Luego extendió las prendas junto a la lumbre sobre unos palos clavados en la arena y apiló más leña y fue a sentarse otra vez al lado del chico, alisando sus cabellos apelotonados. Al anochecer abrió una lata de sopa y la puso encima de las brasas y comió mientras veía crecer la oscuridad. Cuando se despertó estaba tiritando tumbado en la arena y del fuego quedaba poco más que ceniza y era noche cerrada. Se incorporó sobresaltado y tocó al chico. Sí, dijo en voz baja. Sí.

Volvió a encender el fuego y cogió un paño y lo humedeció y se lo puso al chico en la frente. El amanecer invernal se aproximaba y cuando hubo clareado lo suficiente fue hasta el bosque pasadas las dunas y volvió arrastrando una gran narria de ramas muertas y se puso a partirlas y a amontonarlas cerca de la lumbre. Aplastó unas aspirinas en una taza y las disolvió con agua y añadió un poco de azúcar y se sentó y le levantó la cabeza al chico y sostuvo la taza mientras bebía.

Caminó por la playa, encorvado y tosiendo. Se quedó contemplando las olas oscuras. La fatiga lo hacía tambalearse. Regresó y se sentó junto al chico y volvió a doblar el paño y le limpió la cara y luego extendió el paño sobre su frente. Tienes que quedarte cerca, dijo. Tienes que ser rápido. Para poder estar a su lado. Abrazarlo. El último día de la Tierra.

El chico durmió todo el día. De tanto en tanto lo despertaba para darle agua con azúcar y la garganta reseca del chico emitía convulsos resoplidos. Tienes que beber, le dijo. Vale, resolló el chico. Encajó la taza en la arena a su lado y ahuecó la manta doblada bajo su cabeza sudorosa y lo tapó. ¿Tienes frío?, dijo. Pero el chico ya se había dormido.

Trató de no dormir en toda la noche pero fue en vano. Se despertaba cada dos por tres y se daba palmetazos en la cara o tenía que levantarse para cebar el fuego. Abrazó al chico y se inclinó para escuchar su trabajosa respiración. La mano apoyada en el costillar enjuto. Caminó por la playa hasta donde iluminaba el fuego y se quedó allí con los puños apretados en lo alto del cráneo y cayó de rodillas sollozando de rabia.

Llovió ligeramente por la noche, un golpeteo suave en la lona. La puso encima de los dos para protegerse y se dio la vuelta abrazando al niño, mirando las llamas azules a través del plástico. Se quedó dormido pero no soñó.

Cuando volvió a despertar apenas sabía dónde estaba. El fuego estaba apagado, había dejado de llover. Retiró la lona hacia atrás y se incorporó sobre los codos. Un día gris. El chico le estaba mirando. Papá, dijo.

Sí. Estoy aquí.

¿Puedo beber agua?

Sí. Claro que puedes. ¿Cómo te encuentras?

Un poco raro.

¿Tienes hambre?

Solo tengo mucha sed.

Voy a por el agua.

Apartó las mantas y se levantó y fue a buscar la taza del niño y la llenó con agua de la jarra de plástico y volvió y le acercó la taza a los labios. Te pondrás bien, dijo. El chico bebió. Luego asintió con la cabeza y miró a su padre. Se bebió el resto del agua. Más, dijo.

Encendió fuego y colocó la ropa mojada del chico a secar y le llevó una lata de zumo de manzana. ¿Recuerdas algo?, dijo.

¿De qué?

De que estabas enfermo y vomitaste.

Me acuerdo de que disparamos la pistola.

¿Recuerdas que fui a buscar cosas al barco?

Se quedó sentado sorbiendo el zumo. Levantó la vista. No soy un retrasado mental, dijo.

Ya lo sé.
He tenido sueños muy raros.
¿De qué iban?
No quiero contártelo.
Está bien. Quiero que te laves los dientes.
Con dentífrico de verdad.
Sí.
Vale.

Comprobó todas las latas de comida pero no encontró nada sospechoso. Tiró unas cuantas que estaban bastante oxidadas. Aquella tarde se sentaron junto al fuego y el chico tomó sopa caliente y el hombre giró sus ropas en los palos y se quedó mirándole hasta que el chico se sintió incómodo. Deja de mirarme, papá, dijo.

Vale.

Pero siguió haciéndolo.

Dos días después ya caminaban por la playa hasta el farallón con sus patucos de plástico. Prepararon copiosas comidas y él improvisó un cobertizo de lona con cuerdas y palos para protegerse del viento. Redujeron sus pertrechos a lo que podían cargar en el carro y pensó que al cabo de dos días quizá podrían ponerse en camino. Luego al volver por la tarde al campamento vio huellas de bota en la arena. Se detuvo y se quedó mirando hacia la playa. Dios mío, dijo. Dios mío.

¿Qué pasa, papá?

Se sacó la pistola del cinturón. Vamos, dijo. Date prisa.

La lona no estaba. Ni las mantas. Tampoco la botella de agua ni la comida que habían dejado en el campamento. La lona había ido a parar a las dunas. Los zapatos habían desaparecido. Corrió por el bajío de avena de mar donde había dejado el carrito pero el carrito no estaba. No había nada. Qué estupido he sido, dijo. Qué estúpido.

El chico estaba allí de pie con los ojos desorbitados. ¿Qué ha pasado, papá?

Se lo han llevado todo. Vamos.

El chico levantó la cabeza. Estaba empezando a llorar.

No te alejes de mí, dijo el hombre. No te alejes por nada.

Pudo ver el rastro del carrito allí donde lo habían empujado por la arena suelta. Huellas de botas. ¿Cuántas? Perdió el rastro al mejorar el terreno pasados los helechos y luego lo encontró otra vez. Cuando llegaron a la carretera se detuvo sin soltar al chico de la mano. La carretera quedaba expuesta al viento del mar y estaba libre de ceniza salvo en unos cuantos trechos aislados. No pises la calzada, dijo. Y deja de llorar. Tenemos que quitarnos toda la arena de los pies. Ven, siéntate.

Desató las envueltas y las sacudió y volvió a atarlas. Quiero que colabores, dijo. Estamos buscando arena. Arena en la carretera. Aunque sea muy poca. Para ver hacia dónde han ido. ¿Vale?

Vale.

Echaron a andar por al asfalto en sentidos opuestos. No había caminado mucho cuando el chico le llamó. Aquí, papá. Se han ido por aquí. Cuando llegó el chico estaba agachado en la carretera. Mira esto, dijo. Era como media cucharilla de arena de playa vertida de algún punto de la estructura inferior del carrito. El hombre miró carretera allá. Buen trabajo, dijo. En marcha.

Empezaron a correr a un trote corto. Pensaba que sería capaz de mantener ese ritmo pero no pudo. Tuvo que parar, inclinado al frente y tosiendo. Miró al chico, jadeante. Tendremos que ir andando, dijo. Si nos oyen se apartarán de la carretera y se esconderán. Vamos.

¿Cuántos son, papá?

No lo sé. Quizá solo uno.

¿Vamos a matarlos, papá?

No lo sé.

Siguieron adelante. Transcurrió otra hora y era casi de noche cuando por fin alcanzaron al ladrón, doblado sobre el carrito, caminando con esfuerzo por la carretera. Cuando miró hacia atrás y los vio trató de correr con el carrito pero era inútil y finalmente se detuvo y se situó detrás del carrito empuñando un cuchillo de carnicero. Al ver la pistola retrocedió unos pasos pero sin soltar el cuchillo.

Apártate del carrito, dijo el hombre.

Los miró. Miró al chico. Era un desterrado de una de las comunas y le habían cortado los dedos de la mano derecha. Intentó esconderla detrás de su espalda. Una especie de espátula carnosa. El carrito estaba cargado hasta arriba. Se lo había llevado todo.

Apártate del carrito y suelta el cuchillo.

Miró a su alrededor. Como si pudiera encontrar ayuda en alguna parte. Escuálido, macilento, barbudo, asqueroso. Su vieja chaqueta de plástico remendada con cinta adhesiva. La pistola era de doble acción pero el hombre la amartilló igualmente. Dos sonoros clics. Por lo demás solo se les oía respirar en el silencio de la marisma. Les llegó el olor pestilente de sus harapos. Si no sueltas el cuchillo y te apartas del carro, dijo el hombre, te vuelo la tapa de los sesos. El ladrón miró al niño y lo que vio pareció tranquilizarlo mucho. Dejó el cuchillo encima de las mantas y retrocedió y se quedó quieto.

Más atrás.

Retrocedió otra vez.

Papá, dijo el chico.

Quédate callado.

La mirada fija en el ladrón. Maldito seas, dijo.

Papá, por favor, no le mates.

Los ojos del ladrón giraron exorbitadamente. El chico estaba llorando.

Vamos, tío. Yo he hecho lo que me decías. Haz tú caso del chico.

Quítate la ropa.

¿Qué?

Que te la quites. Hasta el último botón.

Venga. No me hagas eso.

Te pego un tiro aquí mismo.

No me hagas eso, tío.

No te lo diré dos veces.

Está bien. Está bien. Cálmate, hombre.

Se desnudó lentamente y amontonó sus asquerosos harapos en la calzada.

Los zapatos también.

Vamos, tío.

Los zapatos.

El ladrón miró al chico. El chico había vuelto la cabeza y se había tapado los oídos con las manos. Vale, dijo. Vale. Se sentó desnudo en la carretera y empezó a desatar los podridos pedazos de cuero que llevaba atados a los pies. Luego se incorporó, sosteniéndolos con una mano.

Mételos en el carrito.

Avanzó unos pasos y puso los zapatos encima de las mantas y volvió atrás. Se quedó allí de pie en cueros, asqueroso, famélico. Cubriéndose con la mano. Estaba empezando a tiritar.

Mete también la ropa.

Se agachó para recoger los harapos y fue a ponerlos encima de los zapatos. Luego permaneció allí sujetándose los brazos. No me hagas esto, tío.

Tú no has tenido manías para hacérnoslo a nosotros.

Te lo suplico.

Papá, dijo el chico.

Vamos. Haz caso del chico.

Has intentado matarnos.

Estoy que me muero de hambre, tío. Tú habrías hecho lo mismo.

Te lo llevabas todo.

Venga, hombre. Me voy a morir.

Te dejo igual que tú nos has dejado a nosotros.

Vamos. Te lo estoy rogando.

Tiró del carrito y le dio la vuelta y puso la pistola en lo alto y miró al chico. Vámonos, dijo. Y echaron a andar rumbo al sur por la carretera con el chico llorando y mirando hacia atrás a aquel hombre desnudo y flaco como un listón plantado en medio de la carretera aterido y dándose palmadas para entrar en calor. Oh, papá, sollozó el chico.

Basta.

No puedo.

¿Qué crees que habría pasado si no llegamos a alcanzarlo? Basta de lloros.

Ya lo intento.

Cuando llegaron a la curva el hombre seguía allí de pie. No tenía adónde ir. El chico no dejaba de volver la cabeza y cuando ya no pudo verle más se detuvo y simplemente se sentó en la calzada sollozando otra vez. El hombre paró y se lo quedó mirando. Sacó del carrito los zapatos de los dos y se sentó y empezó a desenvolverle los pies al chico. Tienes que dejar de llorar, dijo.

No puedo.

Le puso los zapatos y se calzó él también y luego retrocedió por la carretera pero no pudo ver al ladrón. Volvió y se detuvo junto al chico. Se ha ido. Vamos.

No se ha ido, dijo el chico. Levantó los ojos. La cara con churretes de hollín. No se ha ido.

¿Qué quieres hacer?

Pues ayudarle, papá. Solo ayudarle.

El hombre volvió a mirar carretera allá.

Solo tenía hambre, papá. Se va a morir.

Se morirá igualmente.

Está muy asustado.

El hombre se puso en cuclillas y le miró. Yo también estoy asustado, dijo. ¿Entiendes? Estoy asustado.

El chico no replicó. Se quedó sentado con la cabeza gacha, sollozando.

Tú no eres el que ha de preocuparse por todo.

El chico dijo algo pero no pudo entenderlo. ¿Qué?, dijo.

Levantó la cara, húmeda y tiznada. Sí que lo soy, dijo.

Desandaron el camino empujando el carrito que se tambaleaba y se detuvieron en el frío crepúsculo y dieron voces pero nadie acudió.

Tiene miedo de contestar, papá.

¿Es aquí donde habíamos parado?

No lo sé. Creo.

Siguieron adelante dando voces en la creciente y vacía oscuridad, voces que se perdían al llegar a las dunas. Se detuvieron e hicieron bocina con las manos llamando estúpidamente en medio de la nada. Finalmente cogió las prendas del hombre y las depositó en la carretera. Con una piedra encima. Tenemos que irnos, dijo. Tenemos que irnos.

Acamparon en seco sin lumbre. Escogió unas latas para cenar y las calentó en el hornillo de gas y comieron y el chico no dijo nada. El hombre intentaba verle la cara a la luz azulada del fogón. No pensaba matarle, dijo. Pero el chico guardó silencio. Se arrebujaron en las mantas y se acostaron a oscuras. Le pareció que oía el mar pero quizá solo era el viento. Notó que el chico estaba despierto por su manera de respirar y al cabo de un rato el chico dijo: Pero le hemos matado.

Por la mañana comieron y se pusieron en camino. El carrito iba tan cargado que costaba de empujar y una de las ruedas se estaba doblando. La carretera seguía la línea de la costa, gavillas secas de grama salada sobresaliendo del pavimento. El mar color de plomo moviéndose en la lejanía. El silencio. Aquella noche lo despertó la mortecina luz de carbono de la luna detrás de la negrura haciendo casi visibles las formas de los árboles y se dio la vuelta tosiendo. Olor a lluvia. El chico estaba despierto. Tienes que hablarme, dijo.

Lo intento.

Perdona que te haya despertado.

No pasa nada.

Se levantó y fue andando hasta la carretera. Su mancha negra corriendo de lo oscuro a lo oscuro. Luego un retumbo en la distancia. No un trueno. Se notaba bajo los pies. Un sonido sin análogo y por tanto sin descripción posible. Algo imponderable que se movía allí en la oscuridad. La tierra misma contrayéndose de frío. No se repitió. ¿Qué época era del año? ¿Qué edad tenía el niño? Se quedó de pie en la carretera. Silencio. El salitre secándose de la tierra. Las formas lodosas de ciudades inundadas quemadas hasta la marca de nivel del agua. En una intersección unos dólmenes dispuestos en el suelo donde los huesos-oráculo iban convirtiéndose en polvo. El viento como único sonido. ¿Qué dirás? ¿Que un hombre, un hombre vivo, pronunció estas frases? ¿Que afiló una péñola con su navaja para garabatear estas cosas usando endrina o negro de humo? ¿En algún momento computable y tabulable? Viene a robarme los ojos. A sellarme la boca con tierra.

Volvió a revisar las latas una por una, sosteniéndolas en la mano y apretándolas como quien comprueba si la fruta está madura en un puesto del mercado. Separó dos que le parecieron sospechosas y guardó las demás y cargó el carrito y volvieron a ponerse en camino. Al cabo de tres días llegaron a una pequeña población portuaria y escondieron el carrito en un garaje detrás de una casa y lo cubrieron de cajas viejas y después se sentaron dentro de la casa para ver si aparecía alguien. No llegó nadie. Miró en los armarios pero no había nada. Necesitaba vitamina D para el chico o se volvería raquítico. De pie junto al fregadero miró hacia el camino particular. La luz color de agua de colada congelándose en los sucios cristales. El chico estaba sentado a la mesa con la cabeza entre los brazos.

Caminaron por el pueblo y bajaron hasta el muelle. No vieron a nadie. Llevaba el revólver en el bolsillo de la chaqueta y la pistola de señales en la mano. Caminaron por el malecón, las tablas sin desbastar oscuras de brea y aseguradas a los maderos de debajo mediante clavos largos. Norays de madera. Un ligero olor a sal y creosota procedente de la bahía. En el otro extremo una hilera de tinglados y el perfil de un buque cisterna rojo de óxido. Una grúa alta y desgarbada recortándose contra el cielo hosco. Aquí no hay nadie, dijo. El chico guardó silencio.

Se desviaron de la calle principal con el carrito y cruzaron la vía del tren y retomaron la calle al otro extremo del pueblo. A la altura de los últimos y tristes edificios de madera algo pasó silbando junto a su cabeza y rebotó en la calle y fue a dar contra la pared del edificio de bloques de la otra acera. Agarró al chico y se lanzó al suelo y tiró del carrito hacia ellos. El carrito volcó desparramando lona y mantas por el pavimento. En una ventana superior de la casa pudo ver a un hombre tensando un arco y agachó la cabeza del chico e intentó cubrirlo con su cuerpo. Oyó el chasquido seco de la cuerda del arco y al momento sintió un dolor atroz en la pierna. Qué cabrón, dijo. Qué cabrón. Apartó las mantas hacia un lado y consiguió alcanzar la pistola de señales y la amartilló y apoyó el brazo en el costado del carrito. El chico estaba aferrado a él. Cuando el hombre apareció enmarcado en la ventana para tirar otra vez con el arco él hizo fuego. La bengala salió disparada hacia la ventana describiendo un arco de blancura y luego oyeron gritar al hombre. Agarró al chico y lo empujó contra el suelo y lo cubrió con una punta de las mantas. No te muevas, dijo. No te muevas y no mires. Tiró de las mantas sobre la calzada buscando el estuche de la pistola. Finalmente salió resbalando del carrito y lo atrapó y lo abrió y sacó los casquillos y volvió a cargar la pistola y cerró la recámara y se guardó el resto de las cargas en el bolsillo. Quédate tal como estás, susurró. Dio unas palmadas al chico a través de las mantas y se puso de pie y cruzó la calle corriendo a la pata coja.

Entró por la puerta trasera apuntando con la pistola de señales desde la cintura. De la casa no quedaba más que el entramado de las paredes. Cruzó el salón y se quedó quieto en el rellano de la escalera, pendiente de algún posible movimiento en las habitaciones de arriba. Miró por la ventana que daba a la calle y vio el carrito y subió las escaleras.

Había una mujer sentada en el rincón abrazando al hombre. Se había quitado la chaqueta para cubrirlo. Tan pronto le vio empezó a maldecirlo. La bengala se había extinguido en el suelo dejando un trecho de ceniza blanca y olía ligeramente a madera quemada. Cruzó la habitación y se asomó a la ventana. La mujer lo siguió con la mirada. Demacrada, el pelo lacio y gris.

¿Quién más hay aquí arriba?

Ella no respondió. Pasó por su lado y miró en las habitaciones. La pierna le sangraba profusamente. Notó que el pantalón se le pegaba a la piel. Regresó a la habitación de delante. ¿Dónde está el arco?, dijo.

Yo no lo tengo.

¿Dónde está?

No lo sé.

Os han abandonado aquí, ¿no es cierto?

Yo me abandono sola.

Dio media vuelta y bajó la escalera cojeando y abrió la puerta que daba a la calle y salió caminando hacia atrás para vigilar la casa. Cuando llegó al carrito lo puso derecho y volvió a meter las cosas dentro. No te apartes de mí, dijo. No te apartes.

Pararon al llegar a una tienda al final del pueblo. Entró con el carrito hasta una habitación de la parte posterior y cerró la puerta y puso el carrito de lado para atrancarla. Sacó el hornillo y la bombona y encendió el fogón y lo puso en el suelo y luego se quitó el cinturón y los pantalones manchados de sangre. El chico le observó. La flecha le había abierto un boquete de unos siete centímetros de largo por encima de la rodilla. Todavía sangraba y todo el muslo estaba descolorido y pudo ver que el corte era profundo. Punta ancha de fabricación casera hecha con fleje de hierro, una cuchara vieja, a saber qué. Miró al chico. Mira a ver si encuentras el botiquín, dijo.

El chico no se movió.

Maldita sea, busca el botiquín. No te quedes ahí sentado.

Se levantó de un salto y fue hasta la puerta y empezó a buscar bajo la lona y las mantas apiladas en el carrito. Volvió con el botiquín y se lo dio al hombre y el hombre lo cogió sin hacer comentarios y lo puso en el suelo de cemento e hizo saltar los cierres y abrió la tapa. Alargó el brazo y subió la intensidad del fogón para tener luz. Tráeme la botella de agua, dijo. El chico fue a por ella y el hombre desenroscó la tapa y vertió agua sobre la herida manteniéndola cerrada con los dedos mientras la limpiaba de sangre. Aplicó desinfectante a la herida y abrió con los dientes un sobre de plástico y sacó una pequeña aguja curva de sutura y un carrete de hilo de seda y puso el hilo a la luz para enhebrar la aguja. Sacó unas pinzas del botiquín y sostuvo la aguja apretando los brazos de las pinzas y empezó a coser la herida. Lo hizo deprisa y sin poner mucho esmero. El chico estaba agachado en el suelo. Le miró y continuó con la sutura. Si no quieres no mires, dijo.

¿No te importa?

No. No me importa.

¿Duele?

Sí.

Deslizó el nudo hasta el extremo del hilo de seda y lo tensó y cortó el hilo con las tijeras del botiquín y miró al chico. El chico estaba contemplando lo que había hecho.

Siento haberte gritado.

El chico levantó la vista. No pasa nada, papá.

Pongámonos en marcha.

Vale.

Por la mañana llovía y un viento recio hacía traquetear los cristales de la parte trasera del edificio. Se quedó mirando afuera. En la bahía un almacén de depósito medio derrumbado y sumergido. Las timoneras de barcos de pesca hundidos sobresaliendo de las agitadas aguas grises. Ni el menor movimiento. Todo lo que podía moverse había sido arrastrado tiempo atrás por el viento. La pierna le latía y procedió a retirar el vendaje y desinfectó la herida y la examinó. La carne hinchada y descolorida en el entramado de pespuntes negros. La vendó de nuevo y su puso el pantalón tieso de sangre.

Pasaron allí todo el día, sentados entre las cajas de la tienda. Tienes que hablarme, dijo.

Estoy hablando.

¿Seguro?

Ahora te estoy hablando.

¿Quieres que te cuente un cuento?

No.

¿Por qué?

El chico le miró y apartó la vista.

Esos cuentos no son verdad.

No tienen por qué. Son cuentos.

Sí, pero en esas historias siempre estamos ayudando a gente y nosotros no ayudamos a la gente.

¿Por qué no me cuentas tú algo?

No tengo ganas.

Vale.

No tengo ninguna historia que contar.

Podrías contarme alguna historia tuya.

Ya las conoces todas. Tú estabas allí.

Pero tienes historias dentro que yo no conozco.

¿Quieres decir sueños, por ejemplo?

Por ejemplo. O cosas en las que piensas.

Ya, pero se supone que las historias han de ser alegres.

No tienen por qué serlo.

Tú siempre me cuentas historias alegres.

¿No tienes ninguna alegre que contarme?

Son más bien como la vida real.

Y las mías no lo son.

No, las tuyas no.

El hombre le observó. ¿La vida real es muy mala?

¿Tú qué piensas?

Bueno, yo pienso que todavía estamos vivos. Nos han ocurrido muchas cosas malas pero todavía estamos aquí.

Sí.

No te parece que eso sea tan estupendo.

Puede.

Habían arrimado una mesa de trabajo a las ventanas y extendieron las mantas y el chico yacía allí boca abajo mirando hacia la bahía. El hombre estaba sentado con la pierna estirada. Encima de la manta estaban las dos pistolas y la cajita de bengalas. Al cabo de un rato el hombre dijo: Yo creo que es bastante buena. Como historia es bastante buena. De algo sirve.

Vale, papá. Solo quiero estar un ratito tranquilo.

¿Y los sueños? A veces me contabas lo que habías soñado.

No quiero hablar de nada.

Vale.

Además, no tengo sueños bonitos. Siempre pasan cosas malas. Tú dijiste que no importaba porque los sueños bonitos no son una buena señal.

Puede. No lo sé.

Cuando te despiertas tosiendo te vas a caminar por la carretera o donde sea pero yo te oigo toser.

Lo siento.

Una noche te oí llorar.

Lo sé.

Pues si yo no tengo que llorar tú tampoco tendrías.

De acuerdo.

¿Se te curará la pierna?

Sí.

No lo dices por decir.

No.

Porque tiene mala pinta.

No hay para tanto.

Ese hombre quería matarnos, ¿verdad?

Así es.

¿Lo mataste tú?

No.

¿No me mientes?

No.

Vale.

¿Todo bien?

Sí.

¿No tienes ganas de hablar?

No.

Se marcharon dos días después, el hombre cojeando detrás del carrito y el chico sin alejarse de su lado hasta que dejaron atrás las afueras del pueblo. La carretera seguía la costa llana y gris y había pequeños montículos de arena en la carretera que el viento había depositado. Eso hacía la marcha más difícil y en algunos puntos tuvieron que abrirse paso con un tablón que llevaban en el estante inferior del carrito. Bajaron a la playa y se sentaron al abrigo de las dunas y estudiaron el mapa. Habían llevado consigo el hornillo y calentaron agua y prepararon té y se protegieron del viento con las mantas. Un poco más allá las erosionadas cuadernas de un barco muy antiguo. Baos grisáceos restregados por la arena. Viejos tornillos hechos a mano. Las piezas de hierro picadas y de un tono lila oscuro, fundidas en alguna forja de Cádiz o Bristol y batidas sobre un yunque ennegrecido para resistir trescientos años la acción del mar. Al día siguiente pasaron por las ruinas tapiadas de un centro de veraneo y tomaron la carretera hacia el interior atravesando un pinar, la larga recta de asfalto salpicada de agujas de pino y el viento meciendo los árboles oscuros.

Se sentó en la carretera a mediodía con la mejor luz que iban a tener y cortó las suturas con las tijeras y devolvió las tijeras al botiquín y sacó las pinzas. Procedió a arrancar de su piel los pequeños hilos negros, presionando con el pulpejo del dedo gordo. El chico le observaba sentado en la carretera. El hombre sujetó los extremos de los hilos y con las pinzas los fue sacando de uno en uno. Puntitos de sangre. Cuando hubo terminado guardó las pinzas y tapó la herida con gasa y luego se levantó y se subió el pantalón y le pasó el botiquín al chico para que lo guardara.

Te ha dolido, ¿verdad?, dijo el chico.

Sí.

¿Eres muy valiente?

Regular.

¿Qué es lo más valiente que has hecho?

Escupió en la carretera una flema sanguinolenta. Levantarme esta mañana, dijo.

¿En serio?

No. No me hagas caso. Vamos, en marcha.

Por la tarde la forma lóbrega de otra ciudad costera, el grupo de altos edificios ligeramente torcido. Pensó que los armazones de hierro se habrían ablandado con el calor y que al contraerse después no habían dejado los edificios a plomo. Las lunas de las ventanas colgaban pared abajo como alcorza en una tarta. Siguieron adelante. Algunas noches despertaba en medio del negro páramo helado saliendo de mundos de amor humano suavemente coloreados, cantos de pájaros, el sol.

Apoyó la frente en los brazos cruzados sobre el asa del carrito y tosió. Escupió una saliva sanguinolenta. Tenía que parar a descansar cada vez más a menudo. El chico le observaba. En algún otro mundo el niño habría ya empezado a echarlo de su vida. Pero no tenía otra vida. Sabía que el chico estaba despierto por las noches, escuchando para ver si todavía respiraba.

Los días se sucedían penosamente sin cuenta ni calendario. A lo lejos en la interestatal largas hileras de coches carbonizados y herrumbrosos. Las llantas desnudas de las ruedas asentadas en un cieno gris de escombros derretidos, en negros círculos de alambre. Los cadáveres incinerados reducidos al tamaño de un niño y apoyados en los muelles vistos de los asientos. Diez mil sueños encerrados en el sepulcro de sus recocidos corazones. Siguieron adelante. Pisando por aquel mundo muerto como ratas en una rueda. Las noches mortalmente quietas y más mortalmente negras. Y el frío. Apenas hablaban. Él tosía todo el tiempo y el chico le veía escupir sangre. Caminando encorvado. Mugriento, andrajoso, desesperanzado. Se detenía y se apoyaba en el carrito y el chico seguía andando y luego paraba y miraba atrás y él alzaba sus ojos llorosos y lo veía allí de pie en la carretera mirándole desde un futuro inimaginable, resplandeciendo en aquel páramo como un tabernáculo.

La carretera atravesaba un lodazal seco donde tubos de hielo sobresalían del fango congelado como estalagmitas. Restos de un fuego antiguo junto a la carretera. Más allá un largo paso elevado de hormigón. Un pantano muerto. Árboles muertos surgiendo del agua gris con colgajos de una turba gris y residual. Las salpicaduras de ceniza sedosa en el encintado. Se apoyó en el arenoso antepecho de hormigón. Tal vez en su destrucción sería posible al fin ver cómo estaba hecho el mundo. Océanos, montañas. El fatigoso contraespectáculo de las cosas dejando de existir. La extensa tierra baldía, hidróptica y fríamente secular. El silencio.

Habían empezado a encontrar grupos de pinos abatidos, grandes tajos de guadaña sembrando la muerte a través del campo. Pecios de edificios esparcidos por el paisaje y los cables de los postes al borde de la carretera embrollados como una labor de punto. La carretera estaba sembrada de escombros y desperdicios y tenían que sortearlos con el carrito. Al final se sentaron junto a la calzada y contemplaron el panorama que se les ofrecía. Tejados de casas, troncos de árbol. Una barca. El cielo abierto más allá donde el mar huraño se desplazaba a lo lejos remoloneando.

Rebuscaron entre los restos diseminados a lo largo de la carretera y finalmente encontró una bolsa de lona que podía cargar al hombro y un maletín para el chico. Guardaron las mantas y el plástico y lo que les quedaba de comida y reanudaron la marcha con las mochilas y la bolsa y el maletín dejando allí el carrito. Encaramándose a las ruinas. Marcha lenta. Él tenía que pararse a descansar. Se sentó al borde de la carretera en un sofá con los cojines hinchados de humedad. Tosiendo doblado por la cintura. Se quitó la mascarilla manchada de sangre y se levantó y la enjuagó en la zanja y la estrujó y luego se quedó allí de pie sin más. Sacando nubecillas blancas de aliento. Tenían el invierno encima. Se volvió para mirar al chico. Allí parado con el maletín como un huérfano esperando el autobús.

Dos días más tarde llegaron a una ancha ría donde el puente se había venido abajo y yacía en el agua calmosa. Se sentaron en el estribo roto de la carretera y vieron cómo el río retrocedía sobre sí mismo y se enroscaba sobre la celosía de hierros. Miró hacia el campo que se extendía más allá.

¿Qué vamos a hacer, papá?, dijo.

Eso, qué vamos a hacer, dijo el chico.

Recorrieron la larga lengua de barro dejada por la marea hasta un barco pequeño que había allí medio sepultado y se lo quedaron mirando. Derrelicto en todos los sentidos. El viento traía lluvia. Se apresuraron a duras penas por la playa en busca de refugio pero no encontraron dónde refugiarse. Reunió un poco de la leña color hueso desperdigada por la arena y encendió fuego y se sentaron en las dunas cubiertos por la lona y vieron acercarse la fría lluvia por el norte. Arreció, abriendo hoyuelos en la arena. El fuego empezó a humear y el humo a caracolear lánguidamente y el chico se ovilló bajo la ruidosa lona y al momento se quedó dormido. El hombre utilizó el plástico a modo de capucha y contempló el mar gris amortajado por la lluvia y vio romper las olas a lo largo de la orilla y alejarse otra vez sobre la oscura arena graneada.

El día siguiente se encaminaron tierra adentro. Un extenso terreno pantanoso donde helechos, hydrangeas y orquídeas silvestres vivían como efigies cenicientas que el viento no había alcanzado aún. Avanzar fue una tortura. Al cabo de dos días cuando salieron a una carretera dejó la bolsa en el suelo y se sentó inclinado hacia delante con los brazos cruzados frente al pecho y tosió hasta que no pudo toser más. En otros dos días quizá habían recorrido quince kilómetros. Cruzaron el río y un poco más adelante llegaron a un cruce. Tierra adentro una tormenta había descargado sobre el istmo y peinado los negros árboles muertos de este a oeste como algas en el lecho de un arroyo. Acamparon allí y cuando se acostó supo que no podría continuar y que era aquí donde moriría. El chico lo miraba con los ojos cargados de lágrimas. Oh, papá, dijo.

Lo vio venir por la hierba y arrodillarse junto a él con la taza de agua que había ido a buscar. A su alrededor todo era luz. Cogió la taza y bebió y se acostó de nuevo. Para comer tenían una sola lata de melocotones pero hizo que se los comiera el chico y no quiso probar ninguno. Es que no puedo, dijo. No tiene importancia.

Te guardo la mitad.

Vale. Guárdamelos hasta mañana.

Cogió la taza y se alejó y cuando lo hizo la luz se movió con él. Había querido probar de hacer una tienda con la lona pero el hombre no le dejó. Decía que no quería nada que lo cubriese. Se quedó acostado mirando al chico junto al fuego. Quería ser capaz de ver. Mira todo esto, dijo. No hay un solo profeta en la larga crónica de la Tierra que no encuentre hoy aquí su razón de ser. Teníais razón, hablarais de lo que hablarais.

El chico creyó notar un olor a ceniza húmeda en el viento. Se adelantó por la carretera y volvió arrastrando un pedazo de contrachapado de la basura que había en la cuneta y hundió unos palos en el suelo con una piedra y de la madera hizo un cobertizo pero al final no llovió. Dejó la pistola de señales y se llevó el revólver y rastreó el campo en busca de algo que comer pero regresó con las manos vacías. El hombre le cogió la mano, resollando. Tendrás que seguir tú solo, dijo. Yo no puedo ir contigo. Tienes que seguir adelante. No se sabe lo que puede deparar la carretera. Siempre hemos tenido suerte. Tú la tendrás otra vez. Estoy seguro. Anda, ve. No pasa nada.

No puedo.

Tranquilo. Esto se veía venir desde hace tiempo. Ya está aquí. Continúa hacia el sur. Haz como hemos hecho hasta ahora.

Te pondrás bien, papá. Tienes que ponerte bien.

No. Lleva siempre encima la pistola. Necesitas encontrar a los buenos pero no debes correr ningún riesgo. Ninguno. ¿Has entendido?

Quiero estar contigo.

No puede ser.

Por favor.

No. Tienes que llevar el fuego.

No sé cómo hacerlo.

Sí que lo sabes.

¿Es de verdad? ¿El fuego?

Sí.

¿Dónde está? Yo no sé dónde está el fuego.

Sí que lo sabes. Está en tu interior. Siempre ha estado ahí. Yo lo veo.

Llévame contigo. Por favor.

No puedo.

Por favor, papá.

No puedo. No puedo llevar a mi hijo muerto en brazos. Pensé que podría pero no puedo.

Dijiste que no me abandonarías nunca.

Lo sé. Perdona. Te llevo en mi corazón. Como te he llevado siempre. Eres el mejor que conozco. Siempre lo has sido. Aunque yo no esté tú puedes seguir hablándome. Puedes hablarme y yo te hablaré a ti. Ya verás.

¿Te oiré?

Sí. Claro que sí. Tienes que hacer como si imaginaras que hablamos. Y me oirás. Tienes que practicar. No te rindas nunca. ¿Vale?

Vale.

Vale.

Tengo mucho miedo, papá.

Lo sé. Pero no te pasará nada. Tendrás suerte. Estoy convencido. No puedo hablar más. Voy a empezar a toser otra vez.

Está bien, papá. No hace falta que hables. Está bien.

Caminó un trecho por la carretera hasta que le pareció demasiado arriesgado y luego volvió. Su padre estaba dormido. Se sentó a su lado bajo el tablero y le observó. Cerró los ojos y le habló y mantuvo los ojos cerrados y trató de escuchar. Luego volvió a intentarlo.

Despertó tosiendo flojo por la noche. Se quedó acostado escuchando. El chico estaba sentado junto al fuego envuelto en una manta y le observaba. Goteo de agua. Una luz tenue. Viejos sueños usurpando el mundo de vigilia. El goteo era en el interior de la cueva. La luz era una vela que el chico portaba en una palmatoria de cobre batido. La cera salpicaba las piedras. Huellas de ignotos animales en el limo gangrenado. Habían alcanzado en aquel frío pasadizo el punto sin retorno que únicamente se podía calcular desde el principio por la luz que llevaban consigo.

¿Te acuerdas de aquel niño, papá?

Sí. Me acuerdo.

¿Tú crees que estará bien, el niño?

Oh, seguro que sí. Estará bien.

¿Tú crees que se habrá perdido?

No. No lo creo.

Me da miedo que se haya perdido.

Yo creo que estará bien.

Pero ¿quién lo encontrará si es que se ha perdido? ¿Quién encontrará al niño?

La bondad encontrará al niño. Así ha sido siempre y así volverá a ser.

Durmió aquella noche pegado a su padre y lo abrazó pero al despertar por la mañana su padre estaba frío y tieso. Se quedó allí sentado llorando mucho rato y luego se levantó y atravesó el bosque hasta la carretera. Cuando regresó se puso de rodillas al lado de su padre y cogió su fría mano y pronunció su nombre una y otra vez.

Permaneció allí tres días y luego caminó hasta la carretera y miró alternativamente en ambas direcciones. Alguien se acercaba. Dio media vuelta para meterse en el bosque pero se detuvo. Se quedó en la carretera esperando con la pistola en la mano. Había tapado a su padre con todas las mantas y tenía frío y estaba hambriento. El hombre que apareció al fin y se lo quedó mirando iba vestido con una parka gris y amarilla de esquiar. Llevaba una escopeta con el cañón hacia abajo colgada del hombro mediante una correa de cuero trenzado y portaba una bandolera de nailon con balas para la escopeta. Un veterano de antiguas escaramuzas, barbudo, con una cicatriz en la mejilla y el pómulo hundido y la mirada extraviada en su único ojo. Cuando habló su boca hizo movimientos imperfectos. Luego sonrió.

¿Dónde está el hombre que te acompañaba?

Murió.

¿Era tu padre?

Sí. Era mi papá.

Lo siento.

No sé qué hacer.

Creo que deberías venir conmigo.

¿Tú eres de los buenos?

El hombre se quitó la capucha. Tenía el pelo largo y apelotonado. Miró al cielo. Como si allí hubiera algo que ver. Miró al chico. Sí, dijo. Soy de los buenos. ¿Por qué no guardas esa pistola?

Se supone que no debo dejar que nadie me la quite. Pase lo que pase.

Yo no quiero tu pistola. Lo único que quiero es que no me apuntes con ella.

Vale.

¿Dónde están vuestras cosas?

No tenemos mucho.

¿Tienes saco de dormir?

No.

¿Qué es lo que tienes? ¿Mantas?

Mi papá está tapado con ellas.

Llévame allí.

El chico se quedó quieto. El hombre le observó. Luego hincó una rodilla en el suelo y se descolgó la escopeta y permaneció allí de pie apoyado en la caña del arma. Las municiones que llevaba en la bandolera eran de carga manual y tenían los extremos sellados con cera. Olía a humo de leña. Mira, dijo. Tienes dos alternativas. Hemos discutido un poco sobre la conveniencia de venir a buscaros. Puedes quedarte aquí con tu papá y morirte o puedes venir conmigo. Si te quedas más vale que te apartes de la carretera. No sé cómo habéis llegado tan lejos. Pero yo creo que deberías venir conmigo. No te pasará nada.

¿Y cómo puedo saber que eres uno de los buenos?

No puedes. Tendrás que hacer la prueba.

¿Lleváis el fuego?

¿Cómo dices?

Si lleváis el fuego.

Te has quedado como turulato, ¿verdad?

No.
Solo un poquito.
Sí.
Bueno.
Entonces, ¿sí o no?
¿Qué? ¿Si llevamos el fuego?
Sí.
Sí. Lo llevamos.
¿Tenéis chicos?
Sí.
¿Y un niño pequeño?
Un niño y una niña.
¿Él cuántos años tiene?
Más o menos como tú. Quizá un poco más.
Y no os los coméis.
No.
No coméis personas.
No. No comemos personas.
¿Y puedo ir con vosotros?
Sí puedes.
Entonces vale.
Vale.

Se adentraron en el bosque y el hombre se puso en cuclillas y contempló la gris y consumida figura que yacía bajo el tablero inclinado. ¿Estas son todas las mantas que tenéis?, dijo.

Sí.

¿Tu maleta es esa?

Sí.

Se incorporó y miró al chico. Será mejor que vayas a la carretera y me esperes allí. Yo llevaré las mantas y lo demás.

Y mi papá ¿qué?

Qué de qué.

No podemos dejarlo aquí.

Sí que podemos.

No quiero que lo vea gente.
Nadie lo verá.
¿Puedo taparlo con hojas?
El viento se las llevará.
¿Podríamos taparlo con una de las mantas?
Yo lo haré. Ahora vete.
Vale.

Esperó en la carretera y cuando el hombre regresó del bosque llevaba el maletín en una mano y las mantas sobre el hombro. Las estuvo mirando y le pasó una al chico. Toma, dijo. Envuélvete con esto. Tienes frío. El chico hizo ademán de darle la pistola pero no quiso cogerla. Quédatela tú, dijo.

Vale.
¿Sabes cómo se dispara?
Sí.
Bien.
¿Y mi papá?
No se puede hacer nada más.
Creo que me gustaría decirle adiós.
¿Estarás bien?
Sí.
Adelante. Te espero aquí.

Volvió al bosque y se arrodilló al lado de su padre. Estaba envuelto en una manta como el hombre le había prometido y el chico no lo destapó sino que se sentó a su lado y ahora estaba llorando pero no podía parar. Lloró mucho rato. Te hablaré todos los días, susurró. Y no me olvidaré. Pase lo que pase. Luego se levantó y dio media vuelta y regresó a la carretera.

La mujer al verle lo rodeó con sus brazos y lo estrechó. Oh, dijo, me alegro tanto de verte. A veces le hablaba de Dios. Él intentó hablar con Dios pero lo mejor era hablar con su padre y eso fue lo que hizo y no se le olvidó. La mujer dijo que eso estaba bien. Dijo que el aliento de Dios era también el de él aunque pasara de hombre a hombre por los siglos de los siglos.

Una vez hubo truchas en los arroyos de la montaña. Podías verlas en la corriente ambarina allí donde los bordes blancos de sus aletas se agitaban suavemente en el agua. Olían a musgo en las manos. Se retorcían, bruñidas y musculosas. En sus lomos había dibujos vermiformes que eran mapas del mundo en su devenir. Mapas y laberintos. De una cosa que no tenía vuelta atrás. Ni posibilidad de arreglo. En las profundas cañadas donde vivían todo era más viejo que el hombre y murmuraba misterio.